Alarm!

Roberto Muylaert

A LARM !

EDITORA GLOBO

Copyright © 2007 by Roberto Muylaert

Todos os direitos reservados. Nenhuma parte desta edição pode ser utilizada ou reproduzida – em qualquer meio ou forma, seja mecânico ou eletrônico, fotocópia, gravação etc. – nem apropriada ou estocada em sistema de bancos de dados, sem a expressa autorização da editora.

Todos os personagens são fictícios.

Pesquisa: Ângela Marques da Costa

Preparação de texto: Helyo da Rocha
Revisão: Editora Globo
Capa: Roberto Kazuo Yokota
Imagem de capa: U-378 Running on Surface
German submarine U-378 running on the surface while sustaining aerial attack, 1943.
Imagem da quarta capa: Hotel dos Alemães, Praia Grande (SP), 1928. Centro de Documentação e Memória (CDM), Seção do Patrimônio Histórico da Secretaria de Cultura da Estância Balneária de Praia Grande.

Dados Internacionais de Catalogação na Publicação (CIP)
(Câmara Brasileira do Livro, SP, Brasil)

Muylaert, Roberto

Alarm! / Roberto Muylaert. – São Paulo : Globo, 2007.

ISBN 978-85-250-4360-3

1. Ficção brasileira I. Título.

07-6696	CDD-869.93

Índices para catálogo sistemático:

1. Ficção : Literatura brasileira 869.93

Direitos de edição em língua portuguesa
adquiridos por Editora Globo S. A.
Av. Jaguaré, 1485 – 05346-902 – São Paulo, SP
www.globolivros.com.br

Sumário

Prefácio..07
Prólogo..13
Capítulo 1 – Chegando à Praia Grande 15
Capítulo 2 – Desembarque na Praia Grande........22
Capítulo 3 – Alaaarm!...29
Capítulo 4 – 250 metros de profundidade...........33
Capítulo 5 – Werner e a Copa de 1938.................39
Capítulo 6 – Fluxo de consciência.........................45
Capítulo 7 – São Paulo..65
Capítulo 8 – Falta farinha de trigo.........................77
Capítulo 9 – Sola de papelão..................................85
Capítulo 10 – Noviciado..92
Capítulo 11 – Ataque em Nova York....................102
Capítulo 12 – Folga em Paris................................114
Capítulo 13 – Françoise...129
Capítulo 14 – *Lebensraum* – Espaço vital para a Alemanha...142
Capítulo 15 – Autojulgamento..............................149
Capítulo 16 – Bombardeado o *U-199*..................*166*
Capítulo 17 – Ramming...182
Capítulo 18 – Rodrigo reencontra Werner..........188

Capítulo 19 – Histórias da Segunda Guerra Mundial –
Mauthausen..195
Capítulo 20 – Histórias da Segunda Guerra Mundial –
Hitler em Paris...203
Capítulo 21 – Histórias da Segunda Guerra Mundial –
Roosevelt no Brasil..208
Capítulo 22 – Histórias da Segunda Guerra Mundial –
Médico de Hitler..215
Capítulo 23 – Diálogo final na Praia Grande................222
Balanço da Segunda Guerra Mundial...229
Agradecimentos..231

Prefácio

Um dos livros mais interessantes que li nos últimos tempos

Conheço Roberto Muylaert não apenas como jornalista de sucesso (sua revista *Ícaro*, agora *Revista Varig*, é leitura quase obrigatória, mesmo para quem não viaja pela companhia aérea), mas também como o estudioso das técnicas de levantamento de fundos para diversas causas – tanto sociais, quanto artísticas. É de sua autoria o primeiro livro sobre o assunto que existe no Brasil, *Marketing cultural & comunicação dirigida*. Quando o conheci, ele trabalhava na Editora Abril, onde lançou a revista *Exame*, em 1967. Como conselheiro da Bienal de São Paulo, tive oportunidade de ver Muylaert atuando na função de presidente da instituição, organizando e dirigindo exposições de arte e arquitetura que ficaram na memória dos paulistanos. Admirei-o como presidente da TV Cultura de São Paulo, e na vida pública, de onde, na verdade, nunca se afastou, funcionando hoje mais como um crítico eficaz e, certamente, um inimigo temível daqueles que tenham alguma coisa a esconder. Sua presença na vida política brasileira vem dos tempos de Franco Montoro, que o apreciava muito, segundo o próprio governador me disse. Além de tudo isso, ainda tenho a sorte de encontrá-lo nas caminhadas que às vezes fazemos juntos.

Roberto Muylaert é um pesquisador que, a essa especialidade, acrescenta a virtude de escrever bem. A leitura de seu livro é um prazer duplo: além da surpresa, é uma viagem no tempo e no espaço, para cima e para baixo. As descrições de Muylaert são um exercício literário de primeira categoria. O cheiro no interior do submarino, o aperto, a claustrofobia, os vagalhões, as bombas, a missão assassina; depois, a Praia Grande na década de quarenta; mais adiante, o campo de extermínio dos nazistas, a longa agonia das vítimas nas câmaras de gás – uma eternidade. Descrições minuciosas, terríveis, de quem não apenas estudou o assunto, mas escreveu e reescreveu sobre ele até a exaustão.

Participei, de uma certa forma, da São Paulo que Muylaert descreve. Vivia nas proximidades da Rua Pelotas, onde muitos alemães se concentravam, e estudava numa escola alemã. Na Thompson, trabalhei com um personagem famoso que, diziam as lendas, durante a guerra passava informações aos submarinos alemães. Mais tarde foi trabalhar na Volkswagen. Como se não bastasse, minha mulher é filha do judeu Hans Berg e da luterana Frida Weissflog, que fugiram da Alemanha, perseguidos pelos nazistas simplesmente porque um amava o outro. Assim, *Alarm!* é um mergulho em minhas memórias e tornou-se um dos livros mais interessantes que li nos últimos tempos.

Roberto Duailibi

ALARM!

Para quem, como eu, gosta do mar.

À Celina, que deu dicas o tempo todo.

Prólogo

"Em 27 de janeiro de 1942, como resultado do estado de guerra entre Estados Unidos e Alemanha, o Brasil rompeu relações diplomáticas conosco. Até então nenhum navio brasileiro tinha sido afundado por um submarino alemão.

Depois disso, os navios brasileiros prosseguiram sendo tratados do mesmo jeito que os outros países neutros, desde que fossem reconhecíveis como neutros, de acordo com as regras internacionais.

Não obstante, entre fevereiro e abril de 1942, submarinos torpedearam e afundaram sete navios brasileiros, como tinham todo direito de fazer, a partir do momento em que os capitães dos submarinos não tinham como comprovar a neutralidade das embarcações. Esses navios estavam navegando com as luzes apagadas, em ziguezague, alguns armados, outros pintados de cinza, nenhum deles tinha bandeira ou algum sinal de que fossem neutros.

A partir daí mais e mais navios brasileiros receberam armas, até que toda a sua marinha mercante estava armada. Em conseqüência, o alto-comando da Marinha alemã emitiu ordens no dia 16 de maio, para que os navios de todos os países da América do Sul, que estivessem armados, fossem atacados sem aviso, exceção feita à Argentina e ao Chile.

No final de maio, o Ministério da Aeronáutica do Brasil anunciou que aviões brasileiros atacaram submarinos do Eixo, e continuariam a fazer isso.

Portanto, sem declaração formal, consideramo-nos em estado de guerra com o Brasil, e no dia 4 de julho os submarinos tiveram permissão para atacar as embarcações brasileiras.

Na primeira semana de julho, indaguei ao nosso ministro das Relações Exteriores, se haveria objeção em realizarmos operações na saída do rio da Prata para o oceano, área em que os navios refrigerados recebiam a carne que supria a Inglaterra. A permissão foi negada para qualquer operação na costa da Argentina, mas não houve objeção quanto à continuação das nossas atividades nas costas brasileiras, sancionadas em maio, e progredindo desde então. A partir desta decisão, deslocamos mais um submarino para as costas brasileiras."

GRANDE ALMIRANTE KARL DOENITZ

Excertos do Capítulo 13 do livro Dez anos e vinte dias, *memórias do grande almirante Karl Doenitz, da editora norte-americana Capo Press. Doenitz foi comandante do Corpo de Submarinos, comandante da Marinha alemã, chefe de governo da Alemanha, sucedendo a Adolph Hitler.*

Capítulo 1

Chegando à Praia Grande

> "A principal arma do submarino é o torpedo. O canhão é um recurso menor, que só deve ser utilizado na superfície como elemento de surpresa, para vencer a resistência de navios mercantes desarmados."
>
> *Do* Manual do comandante de submarino (Handbuch dês U-Boot-Kommandanten)*, de 1942, texto confidencial do alto-comando da Marinha alemã, de acordo com o parágrafo 88 do* Reichsstrafgesetzbuch.

Quando o submarino alemão se aproximou da Praia Grande, nenhum tripulante pensava nos três últimos meses de missões gloriosas. Nem mesmo na impressionante estatística do número de navios postos a pique com enorme facilidade no período, praticamente sem reação. Os inimigos, e também aqueles classificados apenas como navegantes incautos, se transformavam em cordeiros amedrontados, ao curso do primeiro torpedo vindo em sua direção, ao receber, inermes, indefesos e resignados, a mortal cutilada final, em mar calmo ou agitado, de dia ou de noite, num espetáculo pirotécnico multicor, primeiro amarelo claro, depois alaranjado e em seguida vermelho, acompanhado por um clangor solene, grave, um ruído oco, metálico, equivalente a centenas ou milhares de rojões, conforme o tamanho do navio e sua carga, de preferência formada por explosivos, para maior resplendor do foguetório.

Um pobre navio-tanque afundado no Golfo do México ficou na memória da tripulação, quando, atingido por apenas um torpedo, no meio do casco, soltou uma grossa cortina de fumaça preta, cor de fuligem, cobrindo de ponta a ponta o navio, em grossas camadas cacheadas superpostas, como pés de couve-flor empilhados, após o que explodiu, com violento alarido, grave e agudo ao mesmo tempo, como um paiol de pólvora que de fato era, liberando o cheiro acre da combustão, com parte do casco tornado branco de tão quente, soltando uma cortina que cobria o céu, a uma altura maior que a das nuvens sobre o mar. Exibições como essa, impressionantes e indeléveis na memória de quem viu, tinham como testemunhas apenas a tripulação do submarino, que primeiro observava a cena pelo periscópio, depois, de cima do convés. Além de alguns lívidos, apavorados e chamuscados náufragos sobreviventes, agarrados a qualquer coisa flutuante sobre a solene e grandiosa vastidão do mar.

Gente de quem os próprios agressores tinham muita pena, nos primeiros embates, até perceber que a solidariedade com o inimigo, no mar, pode significar a própria morte. Assim sucedeu no inicio da Batalha do Atlântico Norte, do qual participou o marinheiro Werner Hoodart, brasileiro de Blumenau, a serviço do *Reich,* primeiro no *U-66,* depois no *U-199.*

No início Werner tinha um medo danado de tudo, enjoava e sonhava com seu quarto na distante Santa Catarina, e com Ivana, sua primeira namorada, tão lisa e macia, dois adjetivos aplicados dentre tantos outros com que o marinheiro poderia defini-la, no auge de uma paixão juvenil, em que a sua cama ainda não havia sido apresentada à namorada.

O marinheiro catarinense tripulava o seu segundo submarino, agora como suboficial – *Konfirmand* – singrando, quase à vontade, as águas tépidas do Atlântico Sul, uma espécie de cosa nostra para quem é brasileiro e que faz parte de um reduzido grupo de patrícios descendentes de alemães, que se tornaram voluntários pela causa do Eixo.

Naquele momento os pensamentos da marujada estão inteiramente tomados pelo desejo de chegar a uma praia tropical de areia fina e água translúcida, cheia daqueles peixinhos listados de preto e amarelo. Mais ainda agora, quando a navegação pode ser de superfície, sem receio de ataques, com a escotilha da torre do submarino aberta para a entrada de ar puro, expelindo daquele reforçado cilindro de aço, moradia comum a 54 homens, um miasma recendendo a materiais orgânicos rançosos, em golfada de cheiro insuportável – dá vontade de vomitar só de escrever sobre esse cheiro –, vindo das entranhas desta máquina diabólica de torpedear navios. Ao mesmo tempo, acontece o milagre, um raio de sol brasileiro acerta em cheio o buraco da torre e penetra até o fundo do casco, iluminando de forma intermitente, por minutos, o pisoteado fundo de aço do submarino, carcomido por um azinhavre acumulado em profundidades úmidas, de trevas profundas.

Aquele odor putrefato do qual os marinheiros não podem se safar, provém de três fortes exalações, sempre presentes, com igual capacidade de penetrar narina adentro, para virar o estômago dos nauseabundos oficiais e marinheiros a eles submetidos, com a ajuda do balanço permanente do mar. Dá para sentir, ao decodificar o mau cheiro, que o primeiro deles é proveniente do banheiro, onde 54 homens fazem suas necessidades, nem sempre possíveis de descartar no mar, dependendo das condições do oceano, da profundidade, e do curso das batalhas travadas, sendo que eles chegam ao sanitário em seqüência e horários regulares e até previsíveis, a partir de tanto tempo de convivência. Isto se não for ingerido algum alimento menos conservado, que obrigará à intensificação do uso dos dois sanitários, pequenos, ocupando apenas um trigésimo da área total do submarino.

O segundo cheiro forte vem da cozinha, onde o tempero gorduroso fica mais e mais concentrado, à medida que as refeições se sucedem. Mil e duzentas em três meses, sem contar os dias de violento mar grosso, quando é impossível cozinhar, servir a mesa, menos ainda, comer. O terceiro cheiro, que se fixa nas roupas e na pele é o do óleo diesel, sólido, espesso, que parece pulverizado em gotículas invisíveis, misturado à graxa que recende no ar, proveniente das bem cuidadas e reluzentes partes externas das hastes dos cilindros, bem visíveis em seu movimento para cima e para baixo, num tranqüilizador ritmo regular, persistente, incansável, hora após hora, em ronco de baixo profundo. O odor invasivo persiste, apesar da limpeza rigorosa e metódica feita pelo mecânico-chefe, *Obermachinist*, Turek, que traz o piso da casa de máquinas tão limpo e luzidio como o chão das oficinas do barão Von Stuck, ídolo alemão da Fórmula 1 de então.

Há ainda a bordo um quarto cheiro envolvente, o da água original da cidade de Colônia, a tradicional 4711, que todos os homens alistados na Marinha alemã compram ou ganham de presente na partida, como última esperança de dar um trato no corpo, ao sair do banho de água salgada. O sal que adere só sai quando se espalha talco em todo o corpo, ao final do banho.

Apesar de todas as qualidades da Água de Colônia original (*Kölnisch Wasser*) e do requinte em usá-la sem reservas no submarino, até a 4711 vira um fator nauseante, com sua fina fragrância concentrada em excesso no ar viciado da embarcação. A marca se deve a Napoleão, que, ao invadir Colônia, mandou identificar as casas por números, inclusive aquela onde se produzia a água-de-colônia, conforme consta do folheto que acompanha cada frasco. E o próprio Imperador dos franceses tinha o hábito de guardar um frasco de água de colônia em sua bota, para usar várias vezes por dia.

Mas basta uma boa respirada ao ar livre, e aquele odor desagradável fica para trás, substituído pelo cheiro de maresia e da vegetação ainda virgem da Mata Atlântica, visível no fundo da praia. Mesmo de longe, ela já se faz presente, para os primeiros colegas *seemänner*, marinheiros felizardos por subir ao convés em noite de lua nova, onde o mar se transforma em miríades de estrelinhas que se destacam na água escura, a partir do deslocamento do submarino sobre os plânctons, minúsculos organismos presentes no mar, que criam a chamada bioluminescência marítima.

Um binóculo até então utilizado apenas para localizar embarcações inimigas é acessado agora para a Praia Grande, de onde o submarino se aproxima lentamente, desconfiado, surfando as ondas espumantes, embora de pouca altura, rumo à arrebentação, suave, na areia dura que se avizinha, onde o mar é em geral manso, nada parecido com a praia de tombo que alguns esperavam. A Praia Grande, na costa sul do estado de São Paulo é daquelas em que o banhista precisa andar por uma centena de metros mar adentro, até conseguir dar um mergulho de corpo inteiro.

Apesar de toda a tranqüilidade, o turno de vigilância continua sendo feito por um segundo binóculo, à cata de um improvável avião inimigo que, apesar da escuridão, resolvesse atacar a embarcação nazista, tão longe de sua base.

Werner se entusiasma com a proximidade da costa do Brasil, e faz um involuntário movimento brusco no convés, batendo a coxa direita com força na culatra do canhão de 10,5 cm da proa, soltando um palavrão. Enquanto disfarça, para evitar as clássicas gozações dos marinheiros, salta discretamente numa perna só, xingando aquele canhão que não serve para nada, como lembra a lição do livro-bíblia que pedira emprestado ao *Kommandant* Herberger – *Manual do comandante de submarino*. É Werner quem conta como se beneficiou daquele precioso manual de guerra:

"Estudei por conta própria aquele livro, um pouco por interesse na matéria, outro pouco, confesso, para puxar o saco do comandante, de olho numa eventual promoção em campanha que, aliás, acabou saindo, daí a minha sabedoria de almanaque, por exemplo: 'a principal arma do submarino é o torpedo. O canhão é um recurso menor, que só deve ser utilizado na superfície como elemento de surpresa, para vencer a resistência de navios mercantes desarmados, ou com pouco armamento, levando em conta que quase todo navio cargueiro está armado, não havendo provas de que mesmo os navios com o casco coberto de símbolos de neutralidade sejam de fato neutros ou humanitários, e nem sequer que estejam desarmados'".

"Foi um pensamento rápido que apenas lampeja no meu cérebro, e cá estou de novo com toda a atenção voltada para a Praia Grande, antevendo e já saboreando um copo da branquinha, que eu tinha provado pela primeira vez numa espécie de festa da cerveja lá da minha Blumenau, Santa Catarina, no ano passado, pouco antes de resolver viajar para a guerra. Naquela noite alternei, até a inevitável vomitada, cachaça com chope servido por coradas catarinenses de canecas e colos generosos. Naquela festa precisei exibir (com orgulho), a carteira de identidade de meus dezoito anos recém-feitos, para ganhar bebida alcoólica. Agora imagino que, na Praia Grande, tal formalidade não me seja mais exigida, embora mantivesse comigo o documento brasileiro, além é claro, da carteira da Marinha alemã, com a inconfundível *Hakenkreuz*, a suástica prateada estampada na capa de couro."

"A idéia do desembarque na Praia Grande tinha sido minha, adaptada de uma notícia engraçada, difundida para toda a frota pelos estridentes e irritantes alto-falantes do submarino, mais o eficiente sistema de mensagens codificado pelo Enigma, um código preparado pelo alto-comando na Alemanha para cobrir o mundo inteiro, sem ser detectado por quem não tivesse o decodificador, equipamento-padrão nas embarcações."

"Num devaneio me lembro de uma noite em que, para minha surpresa, começamos a cantar a bordo uma canção bem inglesa, que é sempre acompanhada nos pubs pelo balançar das canecas. O pano de fundo musical era um disco que alguém entregou ao comandante, um oficial liberal o suficiente para não estranhar, nem levantar questão a respeito daquele contrabando do inimigo: 'for he's a jolly good fellow, he is a jolly good fellow, for he's a jolly good fellow, nobody can deny...'."

"Ao final da cantoria o rádio foi ligado, para ouvir as notícias. Foi então que, dentre as várias informações e instruções de relevo e importância para os 1.150 submarinos comissionados, que gradativamente entraram na Guerra, veio uma nota leve, pitoresca, para encerrar a transmissão do dia. Dizia que um submarino em operação na Nova Zelândia, depois de plenamente seguro de que não seria atacado, escolheu alguns membros de sua tripulação mais afeitos ao campo, para uma arriscada missão nada militar, mas muito útil para o esforço de guerra, apesar de bucólica: chegar à praia de madrugada, num bote de borracha, adentrar um pasto e tirar leite de três vacas com boa disposição e volume de produção, que ruminavam, alheias às batalhas navais travadas a poucos quilômetros dali. Assim foi feito, e os homens logo voltaram à sua embarcação, eufóricos, com as jarras de leite transbordantes de espuma, ainda mornas, para servir aos sacrificados tripulantes, que naquela altura, e há muito tempo, sentiam gosto de azinhavre nos alimentos e na própria boca."

"Foi aí que arquitetei meu plano: Uma cachaça na Praia Grande", concluiu Werner.

Capítulo 2

Desembarque na Praia Grande

"O comandante do submarino é independente e livre para tomar suas próprias decisões."

PARA O CATARINENSE WERNER, a Guerra começou quando ele se alistou na Marinha alemã, com dezenove anos. Hoje, no ano 2000, aos 79 anos, ele é um senhor ainda bem conservado, que pratica esportes, e que depois de décadas de silêncio, anda deitando falação sobre como tudo aconteceu. Quer falar das peripécias que enfrentou naquele período de alguns poucos anos em que sua vida esteve em constante perigo, no tipo de embarcação para o qual foi designado, o submarino. São fatos predominantes em sua memória, tornando desbotados e sem importância os demais acontecimentos de sua existência.

Werner confirma que a idéia de parar na Praia Grande foi dele, naturalmente, mas os companheiros da tripulação do *U-199* deram corda para que o plano fosse adiante. Para eles, não passava de uma miragem a possibilidade de tomar uma cerveja ou uma cachaça numa praia tropical, depois de meses em alto mar. "Já que não ia mesmo acontecer, por que não tentar?", era a forma de pensamento da tripulação a respeito do desembarque no Brasil.

A partir desta descrença, todo mundo a bordo ficou fascinado quando os marinheiros se convenceram, já entrados em águas brasileiras, de que o submarino iria mesmo em frente, até encontrar areia branca e águas transparentes.

De fato, no dia da chegada àquele destino tão aguardado, a temperatura da água era muito agradável, e o banho de mar convidativo como nunca.

Werner não resistiu e espicaçou a turma. "Agora o seguinte", disse, "quem não acreditou que a gente fosse chegar aqui, por favor, permaneça a bordo."

Aos poucos o submarino foi diminuindo a velocidade, até parar de mansinho. A pressa foi tanta para desembarcar, que o marinheiro Walter saiu do submarino, pronto para desembarcar na praia, com uma camiseta regata ostentando a suástica nazista na altura do coração. Ele não era propriamente um iluminado dentro daquele time de gente competente que tinha sobrevivido, até então, a uma guerra que já levara para o fundo, dezenas de submarinos em combate.

Ao vê-lo desembarcar daquele jeito, Werner soltou-lhe um berro tão violento que o marujo voltou para a embarcação aos tropeços. Acabou por conseguir, ninguém sabe onde, uma tesoura. Voltou rápido, exibindo um buraco, onde antes estava o símbolo nazista. Um furo de uns sete centímetros de diâmetro, todo irregular, feito com uma tesoura enferrujada, das que mordem, mas não cortam. Apesar do mau jeito, cumpriu as ordens de dar sumiço na suástica. Restou um buraco cheio de fiapos, por onde dava para ver os pelos do peito dele, mas pelo menos Walter tinha se livrado daquele símbolo inoportuno, especialmente para desembarcar num país ainda neutro, como o Brasil.

O *U-199* tinha saído da Alemanha havia dois meses, com destino ao Atlântico Sul. Na solene partida do submarino, em sua primeira missão, Kohlmeyer, o primeiro tenente, um militar às antigas formado como primeiro da turma, foi quem cumprimentou, um passo à frente, o próprio almirante Karl Doenitz, uma figura popular e legendária da Marinha alemã, não apenas por seu carisma, como principalmente pelo sucesso dos submarinos no Atlântico Norte no início da guerra, um oceano que virou verdadeiro recreio germânico, tal a quantidade de cargueiros indefesos dos aliados que foram afundados, um após o outro.

Doenitz comandara a frota dos *U-Boote* desde 1935. Eram embarcações muito eficientes para mandar para o fundo do mar navios mercantes, ou belonaves da marinha aliada, lançando aqueles torpedos com hélice, de pontaria muito precisa em mar calmo, onde deixam um rastro na água, até bater no casco, cena excitante para quem está no submarino, mas aterrorizante para as vítimas que estão a bordo.

E o mais trágico desse inferno de fogo, calor e fumaça, que faz queimar até a água do mar encharcada de óleo ao redor da embarcação atingida, é o grito desesperado e indelével dos sobreviventes, que se ouvia por cima de todos os outros sons, na babel de línguas das tripulações que povoavam o Atlântico Norte, de todas as nacionalidades, embarcadas sob diversas bandeiras.

Como aconteceu com o *Lacônia*, um navio inglês – usado para transporte de tropas – localizado no Atlântico Sul, em 1942, por um submarino do Eixo que Werner tripulou, o *U-66*, antes de chegar ao *U-199*.

Seria apenas mais um torpedeamento trivial, se fossem considerados os 2.759 navios mercantes aliados afundados pelos alemães no transcurso da guerra. Só que o *Lacônia* era um grande navio de passageiros, sem condições de resistir a um ataque de submarino, embora tivesse oito canhões, bateria antiaérea e cargas de profundidade contra o inimigo submerso.

Antes de lançar um torpedo mortal contra o *Lacônia*, o comandante deu uma rápida espiada num manual inglês que possuía, com detalhes sobre as embarcações da marinha mercante que navegavam pelo Oceano Atlântico. Descobriu que o navio não era tão indefeso como parecia, com as armas que possuía, muito embora o inesperado de um ataque a partir de um submarino submerso tirasse as chances de defesa de qualquer navio.

Com todo mundo a postos, e no lusco-fusco do fim do dia, foi autorizado o ataque de superfície, com o navio sendo atingido em cheio.

Em pé, na torre de comando ainda encharcada pela emersão rápida, os oficiais apreciavam a tragédia multicolorida. Minutos após, notaram como as luzes do navio se apagavam depois de uma piscada longa.

Mais alguns minutos haviam decorrido quando ocorreu a última e mais forte explosão, que deve ter mandado pelos ares a casa de máquinas e os geradores do *Lacônia*. Só deu tempo para o telegrafista enviar um pedido de socorro, fornecendo a localização precisa do navio que já começava a emborcar.

Daí aconteceu o inesperado: os pedidos de socorro eram em inglês, mas os gritos de desespero, provenientes da embarcação atingida eram no idioma italiano, para perplexidade do comandante alemão, que não entendeu nada do que estava acontecendo.

Não foi necessário muito tempo para descobrir que havia a bordo do navio britânico, 1.800 prisioneiros italianos, na qualidade de membros do Eixo, e, portanto, aliados dos nazistas. Desses, sobreviveram apenas 480, assim como a tripulação inglesa de 436 homens embarcados mais 268 alistados, e ainda oitenta mulheres e crianças britânicas a bordo.

O incidente foi tão grave, na visão da Marinha alemã, que os comandantes e tripulantes do *U-66* foram obrigados a escamotear os acontecimentos como puderam, sem sequer registrar o fato no diário de bordo.

Com a autorização recebida diretamente de Doenitz, o comandante do submarino resolveu abrigar centenas de homens e mulheres recolhidos do mar, rebocando um barco salva vidas, com a uma inocente bandeira da Cruz Vermelha ingenuamente desfraldada, para evitar ataques aéreos. Ele chegou a acudir 260 sobreviventes italianos, com uma grande quantidade de pessoas içadas para o convés, além dos passageiros que foram embarcados nos botes salva-vidas que flutuavam em torno da embarcação.

Foi quando um avião quadrimotor americano *Liberator* localizou o *U-66*, sobrevoou-o uma vez, deu meia volta e, em seguida, mergulhou sobre o alvo, lançando cinco bombas, que transformaram a operação de salvamento num inferno parecido com o próprio ataque desfechado horas antes pela embarcação que agora tinha virado alvo. Atingido na torre, o submarino desapareceu sob rolos de fumaça negra, mas mesmo assim conseguiu submergir, deixando os náufragos lançados à própria sorte.

Assim se acabaram as operações de resgate de sobreviventes. O que resultou numa experiência cruel para os marinheiros de primeira viagem que vieram depois, e que não suportavam ouvir, sem poder ajudar, os gritos de desespero de tripulantes e passageiros a bordo, em meio às labaredas que envolvem em poucos minutos uma embarcação torpedeada, levantando chamas com altura dez vezes superior à do navio, no caso dos petroleiros.

Para Werner, os gritos dos italianos feitos prisioneiros pelos ingleses no *Lacônia*, ao naufragar, ecoariam em seus ouvidos pelo resto da vida.

Mas ele não estava pensando nisso quando sentiu, sob os pés, a areia dura da Praia Grande, que refletia os primeiros raios do sol da madrugada.

Ao ver o mar pintado de prateado por alguns minutos, ele se deixou levar pelo sentimentalismo, ao pensar que estava pisando no solo da pátria em que nasceu, que, para o sul, se estendia até Blumenau, a sua cidade. Logo dominou a emoção, que não combinava com o rigor do comportamento militar esperado de alguém que pertencia a uma corporação rígida e disciplinada como o Corpo de Submarinos da Marinha alemã.

Werner passou então a explorar a praia, sozinho, pedindo aos companheiros que o esperassem na orla, afinal ele era o único a bordo que dominava o português.

Até que viu uma casa isolada no meio da imensidão da praia, demarcada por dois caminhos cavados na areia, um de cada lado da construção, como se alguém tivesse pensado em demarcar a área para iniciar um loteamento.

Chegando mais perto fixou a vista para ler uma placa presa numa haste fincada na areia:"Hotel dos Alemães". Imaginando que ali poderia encontrar alguém simpático à causa, dirigiu-se com desembaraço até o terraço do hotel, virado para o mar, onde alguém o esperava com um binóculo na mão, um homem de meia idade que se dirigiu a ele sem cerimônia, com um *wie geht's*. Apresentou-se como Robert Kok, proprietário do hotel.

Werner prestou atenção também numa moça com cara de sono, que apareceu em seguida, olhando para ele de alto a baixo. Trabalhava na recepção do hotel, e devia ser filha de Robert. Era uma moreninha tímida, num vestido de chita estampado, em cores vivas, maria-chiquinha nos cabelos, tamanco nos pés, exalando água-de-cheiro. A título de informação disse que se chamava Clara e que não falava alemão, o que soou como um posicionamento pessoal de uma brasileira, frente à colônia germânica que devia freqüentar o hotel em maioria.

Em seguida, já com o dia claro, Werner fez sinal para que o resto da tripulação se aproximasse.

O cozinheiro Schaefer foi o primeiro a chegar, enfiando a cabeça de fora para dentro na janela da cozinha do hotel, para examinar as instalações, sem dúvida melhores que as que ele tinha no submarino.

Em seguida começou a falar dos carrapichos, sem entender direito como é que uma plantinha daquelas pode prender tão firme na calça, a ponto de ter que extrair um por um os espetinhos, para conseguir soltá-los.

Mais algum tempo e a marujada estava ambientada, batendo uma bola cedida por Robert, no chão duro da praia. Só pararam de jogar quando perceberam a existência dos siris brancos, também conhecidos como maria-farinha, correndo rápido na areia. Começaram então a perseguir os bichinhos, tentando agarrá-los, sem nenhum sucesso, é claro, já que aqueles rapidíssimos bichinhos sabem gozar a cara de um perseguidor, quando se metem fundo na areia, em profundidade suficiente para não serem alcançados nem quando se enfia o dedo indicador.

Werner aproveitou o momento de descontração para combinar com Robert um almoço para toda a marujada, pago em *Reichsmark*, caso ele não se importasse.

Mas o dono do hotel não quis saber de pagamento. Mostrou-se muito simpático àqueles visitantes inusitados, propondo um grande risoto de camarão por conta da casa. E muita cachaça, porque ninguém iria desembarcar numa praia brasileira, durante a Segunda Guerra Mundial, correndo os riscos que acompanham uma ação como esta, se não fosse para tomar uma cachaça. E para saber que existia uma bebida como aquela, esperando pelos marinheiros, só mesmo um tripulante brasileiro, pensou Robert.

Capítulo 3

Alaaarm!

"É melhor submergir muito cedo do que muito tarde. Os limites da manobra possível em diversas condições climáticas, só se aprendem pela experiência."

Ao se alistar na Marinha, Werner, sendo brasileiro, chegou a pensar em preconceito, pelo fato de ter sido escalado logo para uma perigosa embarcação que anda submersa, embora permaneça sobre a água na maior parte do tempo, como aprendeu a duras penas.

O treinamento por que passou foi terrível, sendo que suas experiências correndo pelado no inverno de Blumenau viraram café pequeno, perto das madrugadas européias geladas e escuras, num frio que era, no mínimo, dez graus abaixo da menor temperatura lá de Santa Catarina. Nessas condições climáticas, os marujos eram obrigados, em sua higiene matinal, a romper com o rosto, todo dia, a camada de gelo formada na superfície de uma tina de água gelada, ao ar livre, de doer os dentes.

Outra prova a que os marinheiros eram submetidos deixa Werner sem ar, até hoje, só de lembrar. É o treinamento feito para abandonar o submarino debaixo d'água, cuja utilidade prática era bastante duvidosa, ao utilizar um primitivo sistema autônomo de ar, com uma espécie de máscara pressionada com a mão contra o rosto, dando uma sensação mortal de sufoco.

Navegando na superfície, um submarino tem velocidade de cruzeiro de dezoito nós, enquanto submerso atinge apenas oito nós. Além disso, debaixo d'água não é possível utilizar os dois motores diesel, de 2.800 cavalos cada, porque não há como expelir os gases de escape, devido à pressão da água. É quando entram em ação os dois motores elétricos, de 750 cavalos, cada, cujas baterias funcionam, sem recarga, em velocidade de combate, por trinta minutos apenas. Depois disso é preciso emergir a qualquer custo, para carregar as baterias, com o giro dos motores diesel acionando geradores. É quando o submarino fica vulnerável aos ataques inimigos.

Mais para o final da Guerra, os alemães começaram a utilizar o *snorkel*, um tubo ligado ao escapamento dos motores, que lança a fumaça para fora, para permitir o funcionamento a diesel da embarcação, mesmo submersa. Mas esta solução também trouxe um problema sério: Werner tem até hoje um problema de audição, originado pelo deslocamento de ar seguido de um estrondo, com muita fumaça dentro do submarino, cada vez que a cabeça do *snorkel*, que deve ficar sempre acima da linha d'água, afundava no mar encapelado, revertendo o fluxo da fumaça, que desce para o ambiente hermético em que vivem 54 homens, dia após dia, noite após noite. Brisa, só mesmo ficando ao ar livre, no deque da torre de comando, após abrir a escotilha que dá para fora. Navegando em mar aberto, com tempo bom, pode até ficar monótono, quando se viaja 24 horas, sem ver terra, nem navios a afundar por perto. Nessas raras ocasiões, reservadas aos oficiais, e a alguns marinheiros que podem ganhar o privilégio de subir, dá para esquecer da guerra, até que o vigia de plantão grite com todo o volume que seus pulmões suportam, o arrepiante brado de "Alarm!". A partir desse grito, sobram trinta segundos para todo mundo deslizar para o interior do casco, enquanto a tripulação fecha os registros externos e abre os de submersão, na confusão de canos multicoloridos que só com muita prática é possível decifrar na correria.

Uma operação de rotina capaz de arrepiar os marinheiros é fechar a escotilha principal do submarino, bem rápido, depois que todo mundo já entrou. Os dois braços na vertical giram o fecho da escotilha da entrada do submarino, sobre a cabeça. Equilibrado nos degraus da escada que desce da torre, o marinheiro se arrepia ao sentir a água gelada escorrer pelo vão das mangas largas da capa de chuva amarela, até congelar o sovaco e depois o pulmão, encharcando também a camiseta de baixo que mantém a temperatura do corpo.

E, para revolta geral, existem alguns falsos gritos de "Alarm!", sem prévio aviso, apenas para treinar a tripulação e verificar o tempo em que a ação é executada.

É uma necessidade que se explica pela seriedade da manobra de imersão em emergência, onde há casos reais de homens que não conseguiram atender ao brado de "Alarm!" no tempo certo, sendo abandonados sobre o casco após a escotilha ser fechada e a embarcação submergir.

Dá para imaginar o terror de uma pessoa cujo submarino submerge em alto-mar sob os seus pés, deixando-o abandonado na escuridão da noite flutuando isolado, levado pelas ondas, em um remoto ponto do Atlântico, sem alento, nem bote salva-vidas, como aconteceu com 25 tripulantes que foram perdidos dessa forma cruel, durante a Guerra.

Era um tipo de acidente que mortificava o *Grossadmiral* Karl Doenitz, supremo comandante da frota de submarinos desde 1935, e que fazia questão de cumprimentar as tripulações que regressavam de missões longas e bem sucedidas.

Era um dos oficiais mais respeitados da Alemanha, tendo sido mais tarde comandante de toda a Marinha de Guerra e sucessor de Adolph Hitler.

Dedicava muito cuidado e atenção a seus subordinados, mas, em casos de perdas de vidas nestas circunstâncias, não havia o que fazer. Não era possível correr o risco de perder um submarino, mesmo que fosse para salvar a preciosa vida de um marinheiro embarcado e bem treinado, vítima de uma fatalidade.

Foi Doenitz quem negociou a rendição para os aliados, e determinou que os materiais bélicos fossem levados para oeste, a fim de que não caíssem nas mãos dos russos.

Apesar da Alemanha destroçada, Doenitz conseguiu organizar um ministério, no curto espaço de tempo até a rendição, do qual fazia parte o campeão da sobrevivência Albert Speer, o arquiteto de Hitler, como ministro da Indústria e Produção.

O "Governo Doenitz" pensou numa renúncia coletiva, mas não houve tempo, nem necessidade. Chamado para assinar a rendição incondicional da Alemanha a bordo do navio *Patria*, juntamente com Friedeburg e Jodl, sob os flashes dos fotógrafos, Doenitz foi levado dali mesmo, direto para a prisão.

No julgamento de Nuremberg teve uma pena leve, em relação a outros líderes nazistas. Foi condenado a dez anos de prisão, sentença que cumpriu até o final. Seu sucesso como competente e correto comandante do Corpo de Submarinos ajudou a aliviar as acusações que pesavam contra ele.

Depois de solto viveu 26 anos.

Capítulo 4

250 metros de profundidade

> "Se atacado com bombas de profundidade, toda a atenção deve ser voltada para as juntas do submarino, que podem afrouxar como resultado da vibração, o que torna possível a entrada de grandes quantidades de água."

AO ENTRAR COM O *U-66* para serviços de reparo e manutenção na garagem coberta de submarinos em Saint-Nazaire, na Bretanha, Werner já era um homem de mar experiente, pronto para passar para outra embarcação, o *U-199*, sob as ordens do mesmo comandante Herberger, que os marinheiros admiravam e respeitavam, por sua direção sempre firme e segura. A tripulação tinha até medo de que Doenitz pensasse em mandar Herberger de volta para a Alemanha. O Grande Almirante via nele qualidades para ocupar uma posição de liderança no comando da Marinha, após o sucesso da operação *Paukenschlag*, e também por ter conseguido escapar ileso do sufoco que passara com o *U-66*, no seu retorno dos Estados Unidos, rumo à França, direto à garagem de submarinos.

Mesmo passando por Saint-Nazaire pela segunda vez, Werner ainda ficou impressionado com o tamanho daquele abrigo de concreto armado com um teto inexpugnável pela enorme espessura, muito acima do poderio dos bombardeios dos aliados, que nunca conseguiram danificar as suas instalações.

Vendo os submarinos que ali se encontravam sem qualquer risco, placidamente ancorados nas docas cobertas, o marinheiro brasileiro olhou para a sua embarcação de estréia, que agora seria reformada, o *U-66*, com grande dose de carinho e simpatia, pelo teste de resistência a que tinha sido submetida, e sobrevivido, apesar dos arranhões visíveis na sua superfície, de quando o submarino facilitou um pouco, por excesso de confiança, a partir da operação "tirar-pirulito-da-boca-de-criança", que tinham sido os ataques nos Estados Unidos.

O susto aconteceu próximo à costa da França, no retorno a Saint-Nazaire, onde as defesas aliadas estavam cada vez mais afiadas e ariscas.

Foi quando a tripulação se deparou com um comboio escoltado, a única forma em que os navios navegavam agora, para se defender.

Diante da situação, os oficiais seguiram fielmente o *Manual do comandante de submarino*, edição de 1941: "Chegue perto do comboio e, se possível, insira-se no meio dos navios, para ataque a noventa graus, à noite. Atacar a queima-roupa, para maior segurança do submarino, uma vez que os destróieres não reagirão ao ataque, com medo de atingir os próprios navios da frota a que deve proteger. As cargas de profundidade só serão lançadas depois que o submarino tiver se afastado da cena, submergindo. A outra hipótese, a de esperar os navios passarem, sem avançar, é uma tática errada".

Tudo deu certo na primeira estocada contra o comboio, seguindo o manual.

"O navio que atacamos primeiro", recorda Werner, "deve ter ido a pique, embora não houvesse tempo de conferir. O grito de 'Alarm!' aconteceu primeiro, quando o comandante observou, assustado, numa rodada de periscópio, um destróier da escolta, vindo direto na nossa direção para nos cortar ao meio, com uma marrada de sua proa reforçada, ou *ramming*, como dizem os americanos. Desta vez valeram os tediosos e constantes exercícios de treinamento, com todo mundo para dentro em trinta segundos."

"No susto, fomos direto para as profundezas, em vinte segundos, num ângulo de cinqüenta graus, com o destróier agressor passando por cima de nós. Sobre nossas cabeças, o som surdo e grave de suas hélices, em rotação máxima, criando ruidosos redemoinhos no mar."

"O marcador de profundidade desce rápido. Logo chega aos cem metros estabelecido como limite pelo estaleiro Krupp, de Hamburgo. Segue descendo, sob o olhar tenso do comandante, cento e cinqüenta, duzentos metros, duzentos e cinqüenta, estabilizando em duzentos e trinta."

"E ali ficamos nós, sem saber que o destróier havia lançado no mar um pó amarelo, para demarcar a nossa posição, o que explicaria a concentração de ataques quase sem dispersão."

"Começam a explodir as bombas de profundidade, alternadas com os guinchos estridentes do Asdic, um sonar sempre à cata da nossa posição. Hora de rezar, invocando os deuses de todas as religiões."

Sob aquela pressão monstruosa da coluna d'água, apertar a válvula do banheiro seria um descuido punido com morte certa, como toda a tripulação já sabia.

Hora de circular uma lata de mão em mão, para que todos possam fazer as suas necessidades. Os nauseantes cheiros de urina e fezes logo se somam aos do óleo diesel, azinhavre, gordura, suor.

A estrutura do casco chega a estalar sob o peso da água naquela profundidade. Herberger esclarece: "se não vergar, arrebenta". Os rebites da construção do barco gemem, alguns soltam, dando um tiro tão forte como o necessário para fixá-los no estaleiro durante a construção. Cada rebite que solta emite o som de uma pistola disparando. Também algumas válvulas explodem, com o chiado inconfundível de água entrando sob enorme pressão.

Os homens se entreolham por segundos, apavorados com as explosões que voltam em intervalos regulares, bombas de profundidade cada vez mais perto.

Estão todos meio sem reação, sonolentos, para terror do comandante, que grita com a voz em volume máximo, para que ninguém adormeça naquela hora em que o oxigênio rareia, o que pode ser fatal. Olhos injetados de vermelho, bochechas chupadas, todos fixam os olhos no teto, como se aquele olhar suplicante pudesse aparar a queda das bombas lançadas pelo destróier.

Os ruídos das hélices na superfície não param, afinal, quantas belonaves ainda estariam preparadas para acabar com o U-66?

Mais uma bomba lançada, mais um estrondo. O submarino treme todo, assim como a sua tripulação, úmida até a ceroula, com frio, em pânico.

No sobe e desce do submarino à deriva, chegamos a impensáveis 265 metros de profundidade. Agora todo mundo tapa os ouvidos, à espera da tragédia consumada, uma explosão final, que naquela altura traria até alívio para quem enfrenta uma situação limite como aquela.

O submarino range quando o mostrador indica absurdos 280 metros de fundura, e o perigo da desintegração passa a ser não mais pelas explosões, mas pela pressão crescente da água. Nem por isso as bombas de profundidade deixam de descer.

De repente, tudo quieto. E o barulho de hélices se afastando. Por uma hora, silêncio e tranqüilidade.

Utilizando a última reserva de ar comprimido, o submarino volta a subir, pouco a pouco. Depois de um início lento, embala para cima.

Duzentos, cento e cinqüenta, cem, cinqüenta metros, os tímpanos ardem como se tivessem uma agulha de tricô espetada de cada lado.

A superfície agora está perto, e as juntas, reapertadas no fundo do mar, começam a ranger, com o alívio da pressão brutal a que foram submetidas. Superfície! "Desapertar parafusos", grita Turek, uma ordem que ele mesmo começa a cumprir.

Naquele momento as pernas dos marujos não têm força para subir a escada da torre até a escotilha, menos ainda os braços, para rodar o fecho da escotilha. Mesmo assim, com a ajuda de um trêmulo Rahn, Werner consegue rodar o fecho, no sentido anti-horário.

O ar fresco que entra no casco é uma aragem nunca experimentada antes, expurgando o ar infecto e viciado da cabine.

Mesmo sem combinar, todo mundo cai de joelhos ao mesmo tempo, sobre o fundo de metal imundo e mal cheiroso, depois de tanto tempo sem emergir. Um gesto em agradecimento a Deus por ter permitido o salvamento, mas que também indica a impossibilidade de aqueles homens ficarem de pé, depois de tudo que passaram.

É então que o disciplinado Rahn, o homem da alimentação, que tinha ajudado a abrir a escotilha, desaba. Sem poder se conter, chega perto do comandante, em visível estado de choque. Lábios brancos, baba no canto da boca, olhos vermelhos, palidez de condenado, ele balbucia palavras desconexas, chorando como uma criança.

Os nervos de Rahn resistiram até que o submarino fosse posto a salvo. Depois, a descarga emocional tomou conta dele. Um bravo combatente, que nunca mais se recuperou daquele trauma, sendo desmobilizado ao chegar a Saint-Nazaire.

Após esta experiência aterradora, deu para entender como foi possível ocorrer o suicídio de um comandante de submarino alemão, submetido à mesma tensão que fez o Rahn enlouquecer. O *Korvettenkapitän* Ajax Bleichrodt, matou-se com um tiro na cabeça dentro do submarino que comandava, em plena missão, em 1943.

Desesperou-se depois de um período limite no fundo do mar, sentindo a aflitiva pressão da água sobre o casco da embarcação, sob ataque cerrado das bombas de profundidade.

Estava no comando há um ano. Apesar do susto inenarrável da perda de um comandante por suicídio, dentro do próprio submarino, em plena missão de guerra, a tripulação conseguiu emergir com o *U-109*, palco da tragédia.

Capítulo 5

Werner e a Copa de 1938

> *"Em caso de dúvida o comandante deve decidir em favor do ataque, que sempre constitui um ganho, enquanto uma oportunidade perdida jamais pode ser recuperada."*

A TAÇA JULES RIMET era disputada de quatro em quatro anos, um troféu assim denominado em homenagem ao francês fundador da FIFA.

Até então as estatísticas eram fáceis de ser memorizadas: Uruguai, campeão em 1930, em Montevidéu, em final contra a Argentina (4 x 2); Itália, campeã em 1934, na própria Itália, vencendo a Tchecoslováquia (2 x 1), na prorrogação do jogo final, no estádio do Partido Nacional Fascista de Roma.

A idéia do velho Günter, pai do Werner, era dar um banho de Europa nele, aos dezessete anos, na primeira vez em que saía do país, depois de passar anos comendo *Schweinshaxe*, no Hotel Johannastift, como *pièce de resistance* dos almoços, lá em Blumenau.

Queria mostrar a ele que é chique comer aspargos frescos com a mão, porém sempre com os dedos certos, e que existe um garfinho comprido especial para puxar o escargot da casca, com bastante alho, senão não tem gosto de nada.

Também desejava dar a Werner a oportunidade de testemunhar o triunfo dos alemães e de sua raça superior, também no futebol, apesar de que, dois anos antes, na Olimpíada de Berlim, o norte-americano Jesse Owens já tivesse jogado por terra a tal superioridade ariana, ganhando quatro medalhas de ouro, para desalento de Hitler, que, frustrado, abandonou a tribuna do Olympiastadion.

Na volta aos Estados Unidos, o atleta campeão não foi recebido pelo presidente Franklin Roosevelt. Era negro.

Werner foi com o pai assistir ao jogo Alemanha e Suíça, no Parc des Princes, em Paris, uma espécie de Pacaembu da capital francesa.

Na ida para o jogo Günter foi se gabando da superioridade germânica sobre a Suíça, que ele qualificava pejorativamente de "babel de línguas: imagine um país que equivale a um décimo da Alemanha e tem quatro línguas oficiais, suíço-alemão, francês, italiano, e romanche. Como vão se entender na hora de pedir para passar a bola?", perguntava, sem disfarçar que o seu desprezo pelos helvéticos tinha a ver com a superioridade militar alemã, que o mundo, preocupado, começava a perceber em toda a sua extensão.

Para ele, teria sido até mais fácil ocupar a neutra Suíça do que anexar a Áustria, cujos melhores jogadores, meio constrangidos, estavam em campo, incorporados à seleção alemã.

Werner torceu para a Alemanha o tempo todo, acompanhando alguns dos hinos marciais que conhecia, como membro da Juventude Hitlerista de Blumenau.

O resultado foi decepcionante, com a Alemanha abrindo a contagem e a Suíça empatando no final do primeiro tempo. Prorrogação, empate.

Cinco dias depois, no mesmo local, lá estão pai e filho de novo, no jogo desempate, que começou com euforia para Günter, com a Alemanha, suástica estampada na camisa, fazendo 2 x 0, no primeiro tempo. Mas a Suíça vira o jogo, e ganha de 4 x 2. Adeus,

Alemanha. Depois da virada, Werner voltou-se para o seu velho, mas ele tinha escapado pela escada, para a parte mais alta da arquibancada, fumando como uma chaminé, para esfriar os nervos, ele que tremia e dava pontapés no ar quando a Alemanha jogava. Um perfeito covarde futebolístico, fugindo do embate e deixando o filho sozinho na hora crucial.

Depois disso, Günter prometeu que só teria olhos e coração para o Brasil, embora não houvesse nenhum jogador do Blumenauense convocado, como disse brincando, mas de cara séria.

Nessa altura, o Brasil já tinha jogado contra a forte Polônia, em Estrasburgo, diante de 15 mil pessoas, para onde Werner foi sozinho, de trem, já que o pai tinha ficado em Paris, para um encontro com um empresário alemão, em busca de representante no Brasil.

No estádio do Racing, ele pôde ver a entrada dos dois times, os poloneses altaneiros, louros, olhar firme para o horizonte, conhecendo de cor o seu hino nacional, camisas bem passadas. Mal sabiam eles que em pouco tempo seriam invadidos pelos nazistas, dando início à Segunda Guerra Mundial, cujo espírito já pairava sobre a Taça do Mundo, com as saudações nazista e fascista exibidas com agressividade antes de cada jogo, na execução dos seus respectivos hinos.

Em plena ditadura Vargas, o Brasil tinha entrado na moda em matéria de arte nacional-socialista: acabara de lançar um selo de quinhentos réis, bem ao jeito dos países totalitários europeus, que continha, sobre o dístico CBD (Confederação Brasileira de Desportos), uma exortação: "Campeonato do Mundo: Auxiliar o Scratch é dever de todo brasileiro".

Estava em ação o oscilante pêndulo político do presidente Vargas. No fundo, em pleno Estado Novo, desejava apoiar a

Alemanha, como fazia Perón na Argentina, embora não de forma explícita, ocultando-se sob uma neutralidade marota.

Como animal político com grande instinto de sobrevivência, Getúlio deve ter inferido que, ao apoiar as democracias aliadas, como ditador, ele mesmo acabaria por sair de campo em caso de vitória aliada, como de fato aconteceu, no final da Guerra, em 1945, quando foi deposto.

Em Estrasburgo, o time do Brasil entra em campo meio tímido, olhando para o chão, com os jogadores negros parecendo desbotados pela longa viagem, as camisas brancas de gola azul meio engrouvinhadas, calções azuis que não assentavam bem, mais curtos que os do adversário, alguns gorros tortos na cabeça, meias pretas com tornozeleiras brancas por cima.

Menos Leônidas da Silva, consagrado no Flamengo, 25 anos, um atacante janota, seguro, de olhar penetrante, sorriso amplo mostrando dentes alvos e perfeitos, cabeça erguida, cabelos emplastrados de brilhantina, coxas brilhando de óleo canforado, com todo o jeito de querer dar logo um jeito naqueles branquelos sem jogo de cintura.

O primeiro tempo mostrou um futebol jamais visto na Europa. A velocidade de Leônidas, artilheiro de 1938, com sete gols, abria passagem direta pela pesada zaga polonesa, saltando miúdo para evitar as faltas. Foi dele o primeiro gol do jogo, logo aos dezoito minutos. O primeiro período termina com 3 x 1 para o Brasil, com um futebol ágil e rápido.

O jogo acaba empatado em 4 x 4. Na prorrogação, 6 x 5 para o Brasil, sendo que no último dos quatro gols de Leônidas, ele conseguiu finalizar mesmo descalço, após ter perdido a chuteira, presa à lama no lance anterior.

No jogo seguinte do Brasil, contra a Tchecoslováquia, em Bordô, empate de 1 x 1, sendo o gol brasileiro, de Leônidas.

Nessa partida ele exibiu o lance que leva a sua marca, a bicicleta, para estupefação do público de 15 mil pessoas.

No desempate, vitória do Brasil por 2 x 1, de virada, com mais um gol, dele.

Na semifinal, com apoio de toda a torcida francesa, contra a favorita Itália, o Brasil gela com a notícia pelo rádio da substituição do artilheiro da Copa por Romeu, justamente contra a Itália.

O Brasil perde por 2 x 1, num dos lances mais polêmicos de todos os Mundiais, gerando enorme indignação em Werner e Günter.

Aconteceu com 1 x 0 para a Itália, quando foi marcado um pênalti de Domingos da Guia em Piola. Só que, naquele momento, a bola estava fora de jogo, com o goleiro Walter se preparando para cobrar o tiro de meta. A expulsão do clássico Domingos da Guia seria justa. Mas nunca a marcação de um pênalti com a bola fora de jogo, como aconteceu.

Depois deste gol de pênalti da Itália, o Brasil atacou e diminuiu o placar para 2 x 1, mas perdeu.

O Brasil ganhou a disputa pelo terceiro lugar contra a Suécia, por 4 x 2, de virada, com mais dois gols de Leônidas.

"Saí do estádio abraçado a meu pai, ambos emocionados, e agora fãs incondicionais do Diamante Negro, conscientes de que o Brasil, daquela disputa em diante, seria levado a sério em todo o mundo, como potência do futebol", conta Werner.

"Perguntei então a ele, se poderíamos ir à Copa do Mundo de 1942, quando a vitória do Brasil não poderia escapar, com todos aqueles craques de 1938 como base para um time mais jovem. Günter respondeu, olhos brilhando, que sem dúvida estaríamos lá, ele me apresentando com cuidado à sua terra natal, onde o próximo Mundial seria realizado."

"Em 1942 eu estava de fato na Alemanha, não para ver uma Copa do Mundo que não houve, mas como suboficial do Corpo de Submarinos da Marinha alemã."

"A Copa do Mundo seguinte acabou sendo a de 1950, cinco anos depois do final da Guerra, quando eu estava bastante ligado ao futebol, como dirigente do Blumenauense.

Deslumbrado com o tamanho do estádio do Maracanã, assisti à IV Taça do Mundo no Rio de Janeiro."

"A Alemanha não participou, mas meu pai Günter não ficou frustrado com isso. Ele já havia falecido em Blumenau, antes de o enorme estádio ficar pronto."

"Pensei muito nele nas nossas goleadas contra Espanha e Suécia. Contra o Uruguai, quando a derrota por 2 x 1 se consolidava, de virada, lembrei de novo do pai, mesmo sabendo que naquela hora o velho Günter não estaria a meu lado, e sim fumando, lá em cima, no corredor de circulação do estádio, o mais longe possível do campo de jogo, tentando diminuir a tensão e o sofrimento causados nele por uma partida de futebol como aquela", concluiu Werner.

Capítulo 6

Fluxo de consciência

"Um submarino pode deixar sua área de ataque quando circunstâncias especiais tornam impossível a sua permanência. A mudança de posição deve ser reportada assim que possível."

"Que loucura foi aquilo, Werner!, digo para mim mesmo, aos 79 anos de idade, revendo esse tempão vivido para trás, com tão pouca perspectiva pela frente, consigo enxergar coisas boas e ruins misturadas, mais boas do que eu merecia, muito sofrimento combinado com alegria e emoção grande que vivi e que até hoje faz vibrar o meu coração, a outra hipótese teria sido eu ficar lá na calma Blumenau, se bem que essa mania que a gente tem de ficar pensando como teria sido se não tivesse acontecido do jeito que aconteceu, não leva a nada, portanto, abaixo a acronia, que insiste, por exemplo, em me lembrar dos doces da dona Bertha, que eu ainda estaria comendo, se não tivesse me alistado na Marinha alemã em 1940, sendo que ela fazia bem o *Apfelstrudel*, alemão, mas era naturalmente ruim no *palmier*, francês, só que, no caso de eu ter ficado morando lá em Blumenau, não teria viajado até Hamburgo de navio, depois não teria chegado a Nova York, Brest, Saint-Nazaire e Praia Grande, de submarino, teria ido só até Brusque e Itajaí, pelo vapor Blumenau, singrando o Itajaí-Açu, numa viagem de quatro horas em que a primeira classe era na popa, sendo que a nossa turma, na segundona, só via de longe o pessoal da primeira, que a gente chamava de 'os formidáveis', quando entravam ou saiam do navio, também, que diferença faz, dizia o meu amigo Kid, bom de voleibol, numa época que todos jogavam futebol, no final da viagem todo mundo chega ao mesmo tempo, no mesmo lugar, mas basta pensar em Blumenau para vir alguma memória de infância totalmente inútil que não desgruda do meu cérebro, passados quase setenta anos, por exemplo, o nome do delegado da cidade, Vitório Elcely Cléve Franklin, nome que deve ter uma métrica forte, sei lá, a gente recorda, mesmo sem querer, de um fato sem qualquer utilidade, também há muito nome de que se quer lembrar e não consegue, há pouco tempo demorei para lembrar do nome *Apfelstrudel* que agora mesmo escrevi acima, também andei atrás da palavra epifania, até conseguir lembrar, e agora mesmo no momento em que ia escrever já quase esqueço dela e do que significa, um consolo para os desmemoriados como eu, de quaisquer idades, que não desistem quando precisam mesmo lembrar de uma palavra, se bem que é melhor mudar de idéia e de repente, quando a gente não está mais procurando, vem a tal palavra esquecida, mistérios da memória, que de vez em quando falha mesmo, mas agora que a gente tem computador, dá para imaginar quantos *megabites* são necessários para pintarem idéias na hora certa, vantagem para o pensamento em relação à memória, o pensamento não desgruda da cabeça, sendo o grande desafio dos gurus da Índia ficar sem pensar em nada, meditando, eu que pensava durante algum tempo que meditar era refletir sobre diversas questões, tentando tirar ilações a respeito delas, ignorante do assunto, como aquelas coisas que se fala errado a vida toda, sem nenhuma alma caridosa para corrigir a gente, e o pior é o profissional que erra uma palavra ligada à sua atividade, e passa a vida inteira falando errado, várias vezes por dia, por dever de ofício, como cabeleireiro que pergunta se quer que apare a *sombrancelha*, fabricante de motocicletas que só se refere aos seus produtos como *motorcicletas*, dentista que fala gospe em vez de cospe, publicitário que usa vincular, em vez de veicular, minha mãe, por exemplo, imagine a idade que ela teria hoje, no ano 2000, se eu já estou com 79, cantava aquele sucesso da Zezé Gonzaga, o *Abre-Alas*, como 'olabriólas' e só descobriu que não era bem isso o que a música dizia, quando já estava casada e com três filhos, eu mesmo ao interpretar o Hino Nacional no coral da escola, logo antes da representação de *Y Juca Pirama*, onde fui o quarto índio, ficava a pensar que país seria o 'Trasmil' de que para mim falava a letra do hino, era como eu entendia aquele pedaço do *entre outras mil* és tu Brasil, então, no tempo em que eu achava que meditar era pensar bastante, minha reflexão de hoje versaria sobre as loucuras que fiz durante a Guerra, descendo com aquele bando de marinheiros-meninos na Praia Grande, no ano de 1942, tudo para tomar uma tão desejada cachaça, depois daqueles momentos de tensão que tínhamos passado no Atlântico Norte e também porque, não tinha contado até hoje para ninguém, eu tinha uma premente necessidade de desembarcar, pelo conteúdo de uma mensagem secreta que estava naquele papel que subtraí da mesa do rádio-operador decodificada pelo código Enigma, que cada submarino tinha, uma espécie de máquina de escrever que transformava a mensagem codificada, em texto legível, que mais tarde os maiores matemáticos ingleses conseguiram decifrar, contra todas as probabilidades, sendo que, com isso, pegaram os submarinos nazistas de calça curta, sabendo de antemão de todos os movimentos que eles fariam, assim, a mensagem que eu descobri, de xereta, e escondi debaixo do estrado em que dormia no *U-199*, era para mim uma mensagem desalentadora, como cidadão brasileiro nascido com muito orgulho em Santa Catarina, tratava-se de um texto do próprio grande almirante Karl Doenitz, datada de 4 maio de 1942, dando permissão para os seus submarinos atacarem toda e qualquer embarcação do Brasil, assim, como é que eu poderia continuar a bordo tendo que pôr a pique um navio cheio de brasileiros, eu que tinha participado do afundamento do *Lacônia*, já tinha ficado abalado com os gritos dos italianos, imagine se fossem pedidos de socorro de brasileiros, em português, meus nervos não suportariam, e você vê que a nossa implicância recíproca com os argentinos vem de longe, aquele mesmo comunicado do alto-comando alemão fazia a ressalva de que os navios argentinos deveriam ser poupados, mesmo levando em conta que da Argentina saíam embarcações refrigeradas, carregadas de carne congelada trocada por ouro, destinada à Inglaterra, uma deferência para com os "neutros" do sul do Continente, que Perón pagaria com juros, ao receber, após a Guerra, levas e levas de nazistas de alta patente, com muito dinheiro e ouro, para comprar passaportes argentinos entregues logo na entrada, na imigração, dinheiro que ficou em boa parte na conta da Evita na Suíça, sendo que ela não teria dado o número para o marido Juan Domingo Perón, na hora da morte, conforme uma peça de teatro que antecedeu o sucesso de Evita, escrita por um argentino que de certo não gostava muito da heroína, uma vez que criou uma cena puxada para o pornográfico, em que ela lambe com avidez os prédios de Buenos Aires, da altura de uma pessoa, como se todos fossem de sua propriedade, na maquete da cidade que é cenário da peça, sendo que um dos homens que entraram na Argentina pagando foi Adolph Eichmann, responsável direto pela organização logística do holocausto, que depois de alguns anos foi raptado por Israel na Grande Buenos Aires, criando um caso diplomático com a Argentina, mas acabou sendo julgado, condenado e enforcado em Tel-Aviv, ele que, tão bonzinho, tinha uma vida ordeira e honesta na rua Garibaldi, num subúrbio de Buenos Aires, indo trabalhar todo dia de ônibus, dentro de uma rotina tão banal quanto o seu trabalho no extermínio de judeus, que Anna Arendt, como testemunha ocular do julgamento, em Israel, classificou como A *banalização do mal*, texto considerado um opróbrio pela comunidade judaica, por ter sido elaborado por uma intelectual judia tão respeitada como ela, e o que fascina até hoje em relação à Guerra é como ela envolveu todo mundo, de tudo quanto é lugar, por todas as razões políticas e geográficas possíveis, até hoje continuam surgindo histórias inéditas, porque são fatos recentes, ainda não cristalizados como os da antigüidade, e as novas gerações agora passam a se interessar pelas barbaridades que foram perpetradas nesse período relativamente curto, em que tudo aconteceu, do qual faz parte o nosso pacífico desembarque na Praia Grande, que o comandante autorizou de forma surpreendente, acho que foi uma catarse para ele mesmo, uma coisa que ele não poderia ter autorizado de forma alguma, se bem que de fato não autorizou, apenas fingiu de morto quando a gente se dirigia no botinho para a praia, e ele ficou no submarino, depois soube que tomou um longo banho de mar, enquanto esperava pelo nosso retorno, mais demorado do que o previsto, a água estava um pouco fria, para os padrões brasileiros, mas parecia muito agradável para aquela gente do Hemisfério Norte, eu mesmo não estranhei a temperatura da água ao saltar do bote, tarde da noite, para andar pela areia dura da Praia Grande, até o Hotel dos Alemães, uma construção isolada, de bom presságio para quem ia encarar o desconhecido, já meio que me sentindo em casa, pedi para a tripulação me esperar na praia, afinal eu era o único que dominava o idioma local, só não entendi até hoje como fui recebido com um *wie geht's*, àquela hora, pelo gerente Robert Kok, junto com os primeiros raios de sol da madrugada, vai ver ele saudava todo mundo assim, ou estava nos espiando de binóculo, mas assim mesmo foi discreto, não perguntou de onde eu vinha, apenas olhou para mim de alto a baixo, enquanto eu prestava atenção numa moça, com cara de sono, que ajudava na recepção do hotel, deduzindo que era sua filha, sendo que mais tarde pude descobrir que se chamava Clara, uma moreninha tímida, que não falava alemão, maria-chiquinha nos cabelos, tamanco nos pés, exalando água-de-cheiro, olhando fixo para mim, até que a minha atenção retornou ao Robert, quando ele me perguntou para quantas pessoas ele deveria arrumar a mesa do almoço, foi quando descobri que ele tinha sacado tudo, apesar da escuridão, sendo assim, voltei para a orla do mar e mandei o resto da tropa se chegar até o hotel, onde todos foram de uma discrição total, já com o dia clareando, evitando falar alto em alemão, só respondendo ao Robert quando perguntados, achei engraçado que o nosso cozinheiro Schaefer, que substituíra Rahn, começou a falar dos carrapichos, agora você imagina, um marujo do Corpo de Submarinos da Marinha do *Reich*, em plena Segunda Guerra Mundial, em território desconhecido, preocupado com a existência do carrapicho, um detalhe menor para qualquer caiçara, mas que levou à invenção do velcro, muitos anos depois, a partir do entrelaçamento que o inventor descobriu lá na plantinha, outros temas discutidos com os homens da nossa tripulação foram igualmente banais, o que nos relaxou bastante, já que temíamos perguntas embaraçosas que não estávamos preparados para responder, face ao inusitado da situação que se desenrolava conosco, totalmente nonsense, sem saber se o Robert do hotel era pró-nazista, ou apenas um saudosista descendente de alemães, sem nenhum envolvimento no conflito, apesar do nome Hotel dos Alemães, por outro lado, quem sabe nos primeiros momentos do encontro estivesse disfarçando, para logo chamar uma guarnição do exército que havia por lá para prender a gente, que repercussão teria essa notícia em plena guerra, manchete de primeira página, com fotos da nossa orgulhosa embarcação flutuando no mar da Praia Grande, e também dos marinheiros prisioneiros de guerra, olhos esbugalhados de susto e também dos flashes, a reportagem sairia nos jornais de todos os países aliados, quando o prestígio do Corpo de Submarinos estava no auge, uma tripulação inteira é presa no Brasil numa situação embaraçosa, enquanto tomava cachaça, imagine só, mas o susto mesmo veio com um sedã, preto, Plymouth 1940 que desviou do caminho paralelo ao mar e subiu até a porta do hotel, com um senhor grisalho e um menino dentro, mais uma comprida vara de pesca, cuja extremidade saía uns trinta ou quarenta centímetros para fora do carro, pelo vidro de trás entreaberto, esta inoportuna visita aconteceu quando nós já estávamos sentados na mesa comendo lambaris fritos, com espinhas e tudo, que no Nordeste chamam de agulha frita, uma verdadeira iguaria para quem vinha do submarino, precisei até dar um toque na turma para não atacar o prato com tanta avidez, sorte que o cara do Plymouth só queria mesmo informação sobre a tábua das marés, deu um sonoro e amável 'bom dia a todos', que ninguém respondeu, ele só queria mesmo ter garantia de que estaria retornando no horário certo com o seu carro, sem correr o risco de ficar preso entre a barra de dois rios, na areia, sem conseguir ir para frente e para trás, ou pior ainda, podendo até mesmo perder o carro na maré alta, só me senti aliviado quando os visitantes foram embora, e também quando descobri que Robert Kok tinha uma foto do time do São Paulo colada na parede de madeira do bar, com o recém-contratado Leônidas da Silva no centro do ataque, e a conversa daí para a frente virou para o futebol, em português, é claro, para desalento dos marinheiros alemães, por coincidência havia alguns deles que torciam para o F. C. St. Pauli de Hamburgo, seu porto de origem, o que proporcionou uma pequena confraternização quando eles conseguiram finalmente entender, enquanto batiam, na areia dura da praia, uma bola cedida pelo hotel, que os nossos clubes tinham mais ou menos o mesmo nome, unindo são-paulinos e 'st-paulinos', eu já nem lembrava que o *U-199* estava ali, a menos de um quilômetro da costa, tão perto que dava para levar um prato de risoto para o comandante Herberger, que flutuava indefeso em sua embarcação, sem boa parte da tripulação, podendo ser descoberto por algum Catalina da FAB ou da USAF, aviões de reconhecimento que deveriam estar por perto, fazendo suas rondas, mas essa lembrança não me fez mudar de idéia, como se aqueles momentos fossem os últimos divertidos que teríamos sobre a face da terra, mesmo sabendo que estávamos arriscados a ficar para trás, caso o nosso comandante precisasse partir com o *U-199*, ele mesmo correndo o risco de pegar uma corte marcial no retorno, por ter perdido a tripulação veja que absurdo, bastando que a sua posição fosse descoberta e passada por rádio para a Força Aérea Brasileira, ávida por conseguir afundar pelo menos um submarino nazista, antes mesmo de o primeiro navio brasileiro ter sido posto a pique, o que iria acontecer pouco depois daquele dia em que estávamos relaxando no Hotel dos Alemães, com a cachaça que acabou sendo servida em quantidade, para delírio da nossa tripulação, que, desde aquele mergulho na costa leste dos Estados Unidos, quando tomamos um conhaque no fundo do mar para comemorar o absurdo número de navios americanos da categoria Liberty que pusemos a pique, graças à burrice do comandante White, não tinham mais sentido nem cheiro de álcool, quanto mais o gosto da branquinha, e o almoço que foi servido em seguida foi o melhor da minha vida, um risoto de camarão pescado no dia, fumegante, feito em panela de barro, bem molhado, com pedacinhos de tomate, temperado com cebola e alho, todo mundo pedindo queijo ralado, e eu, de bobeira, com aquela fome, lembrando minha mãe Priscila a insistir que com frutos do mar não se usa queijo parmesão, ninguém falava durante a deglutição daquele banquete inesquecível, embora entre o primeiro prato e a primeira repetição tenha havido uma salva de palmas espontânea para Clara, quando ela apareceu na porta da cozinha, corada de emoção por nunca ter servido a tanta gente, foi então que quebrei o silêncio para contar em detalhes ao Robert minha presença na Copa do Mundo de 1938, na França, cuja transmissão ele tinha ouvido, na voz de Gagliano Neto, contei para ele, com certo orgulho, que Leônidas tinha sido recebido por Getúlio Vargas, antes de embarcar no navio *Arlanza* para a França, sendo que no jogo de Marselha, de que não participou, consegui chegar perto dele, e a melhor coisa que consegui lhe dizer foi um esquálido e idiota 'sou seu fã', com o barulho do estádio, ele não entendeu de primeira, sendo que precisei repetir mais alto e já encabulado essa frase sem graça e inapropriada para um início de diálogo, 'sou seu fã', ao que ele respondeu num seco 'obrigado', virando de costas para mim e passando a conversar com um jornalista brasileiro cheio das perguntas para o craque responder, e apesar desse insucesso na minha capacidade de comunicação, contei para o Robert os lances da Copa que assisti, quando não havia televisão, foi quando ele fez a revelação oportuna, indicando com o polegar direito virado para trás, na direção da fotografia do time do São Paulo presa na parede, 'quer ver Leônidas jogar?', achei que ele estava gozando a minha cara, 'basta comparecer à Vila Belmiro no domingo', o jogo seria no dia dois de agosto, quando Leônidas estrearia no litoral contra o Santos, depois daquela consagração que foi a sua chegada na estação do Norte, cujo nome depois mudou para Roosevelt, quando 10 mil pessoas foram recebê-lo em São Paulo, ele que saíra da Central do Brasil , no Rio, sem nenhum torcedor na estação, foi agora recebido daquele jeito, contratado pelo São Paulo, como maior craque do Flamengo e do futebol brasileiro, por duzentos contos de réis, a maior transação até então, que começaria a render dividendos na estréia do craque no Pacaembu, dia 24 de maio de 1942, com o estádio começando a encher a partir das dez horas da manhã, sendo que os portões precisaram ser fechados às duas da tarde, por uma questão de segurança, presentes inacreditáveis 72.018 pagantes, uma das maiores lotações do Pacaembu de todos os tempos, numa época em que, repito, não existia ainda televisão, é claro, nem o grotesco Tobogã, sendo o harmonioso fundo do estádio formado por uma concha acústica, e do lado das gerais, uma réplica perfeita do *David* de Michelângelo, esse jogo contra o Corinthians acabou 3 x 3, onde Leônidas, ainda fora de forma, não marcou, mas teve participação importante nos gols do São Paulo, daí para a frente a minha idéia fixa foi me deslocar da Praia Grande até a Vila Belmiro, esquecendo da guerra, saindo com bastante antecedência, porque, como me mostrou o Robert, até no folheto do ônibus da Associação dos Proprietários da Praia Grande, fundada em 1925, que fazia o percurso Santos–Itanhaém, constava o aviso 'Volta sujeita às marés', e quantos carros desavisados ficaram atolados na barra dos muitos rios que cruzam a Praia Grande, locais aparentemente sem perigo para o dono do veículo, que saía em busca de socorro e voltava três horas depois, para encontrar seu carro afundado no mar, retorcido pela força da maré, com água salgada e areia cobrindo o estofamento, até a altura do volante, um veículo que acabaria como mais um monumento enferrujado na praia, a indicar para os incautos motoristas que ali havia perigo real de perder um carro na maré alta, mas, de jardineira, para Santos, o risco seria só da empresa transportadora, eu estava determinado a chegar lá mesmo que fosse a pé, até porque nunca tinha tido carro na minha vida, nem meu pai Günter, lá em Blumenau, onde a gente andava no ônibus da viação Catharinense, ou de bicicleta, meu principal meio de transporte, mas, quem iria acreditar nessa coincidência, ou convergência, depois de tantos meses rondando pelos oceanos do mundo, sem nenhuma notícia do Brasil, menos ainda de Leônidas, que eu viesse a topar com o homem jogando aqui do lado, numa distância e período de tempo acessíveis para mim, quando acabara de descobrir, a partir de minhas próprias reflexões, que eu não voltaria mais para o submarino, embora não pudesse me considerar um desertor, eu que sempre cumprira com todos os meus deveres, como um aplicado suboficial do Corpo de Submarinos, e que por isso mesmo saberia me defender de uma acusação dessas numa corte marcial, onde acabariam por me levar, sendo meus argumentos de defesa perfeitamente inteligíveis, como pode um brasileiro embarcar sabendo que dali para a frente teria de atacar navios de bandeira nacional, sem poder socorrer a tripulação atingida, como acabou acontecendo com o nosso *U-199*, que mal zarpou da Praia Grande pôs a pique um navio de pesca do Brasil, de madeira, o *Shangri-la*, de dez metros de comprimento, matando dez tripulantes, para quê uma coisa dessas, com que vantagens estratégicas, e com a minha tendência à auto-acusação pensei até que pudesse ser culpa minha, que pretensão, eu que ficara escondido na Praia Grande quando um avião de reconhecimento passou por sobre o *U-199*, e a tripulação que eu trouxera para tomar cachaça e almoçar saiu espaventada de volta ao submarino, mas agora já estou contando o fim da história, de que não participei, quem me deu os detalhes no dia seguinte foi o Robert, surpreso por eu não ter embarcado, ele assistiu a tudo e viu aquela tropa na maior bebedeira se dirigir, sem conseguir dar dois passos em linha reta, ao *U-199*, depois ele repetiu esse relato contando detalhes dramáticos e pitorescos ao mesmo tempo, sem disfarçar que sabia de tudo, desde o início, da nossa presença na Praia Grande, demonstrando evidente simpatia pela nossa causa, como aliás indicava o nome do hotel, 'dos Alemães', ele só não sabia que tudo aquilo tinha acontecido devido à atração que uma cachaça pode exercer sobre o ser humano, assim conclui que, apesar de suspeito, Robert não tivera nada a ver com o vôo do Catalina, um avião que periodicamente passava por ali à cata justamente de submarinos, como o nosso, mas nunca tão ousados como nós fomos, com um comandante também irresponsável, digo eu, na esperança de dividir a culpa, o fato é que, com todo o perigo dos quinta-colunas do litoral, foi só a partir de julho de 1943 que Getúlio ordenou a José Carlos de Macedo Soares, interventor em São Paulo, que os alemães e japoneses habitantes da orla marítima fossem internados numa faixa de pelo menos cem quilômetros para o interior do estado, sendo que essas ordens nunca se referiam aos inimigos italianos, que igualmente faziam parte do Eixo, mas não eram lembrados na hora destas medidas radicais, talvez porque naquela época São Paulo tivesse mais habitantes de origem italiana que brasileiros, editando o *Fanfulla*, jornal semanal em italiano, lembrei então de novo do *Lacônia*, afundado com italianos a bordo, pensei também na minha possível corte marcial, por causa de uma branquinha, não a Clara, que era morena, mas a cachaça, só que, nesse julgamento, o comandante do *U-199* deveria me fazer companhia, mas isso confesso que só pensei a posteriori, quando soube da covardia que os companheiros fizeram ao sair da Praia Grande, quando atacaram, com o bucho ainda cheio de cachaça, o tal pesqueiro brasileiro, *Shangri-La*, me diga então, desde quando badejos, tainhas, dourados e redes de pesca são materiais estratégicos, e o *U-199* não ficou só nisso, e foi a partir do momento em que graças a Deus finquei os pés na Praia Grande, que os submarinos operando nas costas do Brasil, incluindo o *U-199*, foram traiçoeiros, e até mesmo covardes, digo eu como brasileiro, afundaram 39 navios mercantes ou mistos, como o *Baependy*, com 270 mortos, o *Tutóia*, que atendeu ao aviso do *U-513*, diminuiu a marcha e acendeu o farol do mastro da proa, o que só serviu para calibrar a pontaria de um torpedo lançado alguns minutos depois a meia-nau, bem no porão em que estava o carregamento de 750 toneladas de carne salgada, café, batatas, chá-mate e madeira, o mesmo *U-170* acertou dois torpedos na proa do *Tutóia*, por boreste, um no paquete, como se dizia na época, do Lloyd Brasileiro, um navio de navegação costeira cheio de passageiros, tempo em que o país não tinha estradas de rodagem para ligar o Norte ao Sul, assim foi que o *Tutóia* afundou, lotado de brasileiros, homens, mulheres e crianças, foi a pique com as hélices ainda girando, mostrando que a operação alemã no Brasil não era brincadeira, nem para os meus companheiros, que sempre recordo com saudades tantos anos depois, quando lembro que o *U-199* não foi muito adiante daquele dia em que os marinheiros saíram correndo para voltar ao submarino, esses meus valorosos colegas viram a sua embarcação afundar, uma tristeza inefável para quem é do mar, num lugar lindo, que durante muitos anos eu visitei, relembrando todos os momentos que vivi com aqueles amigos, em batalhas memoráveis como a dos Estados Unidos, Costa Leste, e depois, no retorno, a nossa coragem e comprovada resistência posta a prova bem no fundo do mar, estáticos, inermes, levando bombas de profundidade na cabeça, gente com quem desfrutei de tantos momentos felizes e também de perigo, daqueles que tornam uma amizade para sempre, espremidos dentro de um submarino, que hoje repousa no fundo da Costa Verde do Brasil, por cima dele passam, há quase sessenta anos, barcos e mais barcos de recreio que vêm de Angra dos Reis e Paraty, sem desconfiar que ali mesmo, naquele lugar, repousa uma embarcação valente, numa profundidade em que não dá para brincar de *aqualung*, o *U-199*, que posso chamar também de meu lar, um submarino que quando foi a pique já tinha afundado catorze embarcações na costa brasileira, mas quando chegou a sua hora levou três bombas, que explodiram sobre a proa e a popa, fazendo com que o tempo decorrido até que submergisse fosse muito curto, eu conheço apenas a localização aproximada de onde está o seu esqueleto, a 79 milhas da Ponta dos Castelhanos, na Ilha Grande (23°54'S 42°54'W, segundo "*Naufrágios e afundamentos na costa brasileira*", de José Góes de Araújo), numa profundidade de 450 metros, local que visito sempre que posso, depois de dar um mergulho em Lopes Mendes, deslumbrante praia da Ilha Grande, e ali fico memorizando a fisionomia de cada um dos 53 tripulantes que estiveram comigo por tanto tempo, e que devem ter se salvado todos, assim espero, mas talvez não, fico feliz e sereno ao saber que o *U-199* encontrou em seu abrigo derradeiro um lugar tão amplo, bonito, colorido, e intocado, para nunca mais emergir, sendo que o remorso até hoje me persegue ao lembrar que quando o U-199 foi avistado pelo avião patrulha, eu estava entretido com a Clara, que não era filha do Robert Kok nada, era uma habitante do bairro do Boqueirão, na Praia Grande, que trabalhava no Hotel dos Alemães e que tinha folga só uma vez por semana, aos domingos, quando caminhava uns quinze quilômetros para ir até a sua casa e voltar ao trabalho, pois bem, na hora em que nossos caçadores de siris maria-farinha debandaram com dificuldade para o submarino, eu estava a pouco mais de um quilômetro de distância do hotel, direção norte, escondido atrás de umas pedras bonitas que havia na praia, com Clara toda se oferecendo para mim, dizendo que eu era o primeiro homem por quem ela fora atraída, de tanta gente que já tinha passado pelo hotel, se bem que tenho certeza de que ninguém que chegou até ali tenha utilizado o mesmo tipo de condução que nós usamos, um submarino alemão, daqueles temidos até por Churchill, que por pouco não acabaram com a guerra a favor dos nazistas, não fossem os ingleses e sua mania de descobrir coisas, como o radar, que ganhou uma batalha da Inglaterra impossível de ser vencida por eles, e também o segredo do Enigma, código também impossível de decifrar, que os seus matemáticos decifraram, e com isso ganharam o confronto dos submarinos contra os navios mercantes que abasteciam a Inglaterra, país representando a única resistência aos nazistas numa Europa totalmente batida e invadida, pois bem, os flashes que eu tenho da Clara, no lusco-fusco do fim do dia, são de uma garota bonita, corpo de menina muito jovem, seios pequenos, coxas roliças, cintura fina, sem nenhuma marca de traje de banho, claro, ela só nadava pelada, parecia determinada a se entregar a mim, embora bastante desajeitada para quem queria se abrir, como aconteceu depois que conversamos um pouco, os dois sozinhos, eu sem passar o braço por cima do ombro dela, sem coragem e sem assunto, até que Clara me deu um beijo na bochecha e saiu correndo em direção ao mar, arrancando a própria blusa, agora só de calção, eu atrás, até que ela pega uma onda mais alta e cai, dá um giro e fica boiando sentada, com um olhar desafiador para mim, bicos dos seios cor de rosa empinados fora d'água, mas quando chego perto, ela sai na carreira, de volta à praia, com os peitinhos balançando de um lado para outro, eu sem conseguir agarrá-la, a menina tinha um treino danado em relação a mim, enlatado e inativo há meses, afinal consegui agarrar a atleta, rolamos na areia, depois, apertei-a de encontro ao chão, só então senti-a toda enrolada e encaixada em mim, roçando seus peitinhos úmidos e salgados, nos pelos do meu peito, daí para a frente ela ficou entregue, lânguida, lembro-me de uma mancha rosa-vermelha emergindo de uma penugem preta farta e lisa como de índia, no meio das coxas, e ela se abrindo para mim na areia, respiração curta e entrecortada, ofegante como se fosse a sua primeira vez, gemendo de prazer e dor, mas o que me comoveu, a comprovar a inocência da menina Clara, é que sobre a praia ficou a mancha escarlate do sangue da sua primeira vez, muito maior do que os tímidos arranhões nas costas causados pelo atrito com a areia, mostrando que de fato ela tinha me escolhido como homem especial em sua vida, o que não impediu que no dia seguinte eu me mandasse dali, sem nem ficar um tempinho com ela, para lhe dizer que estava sensibilizado por sua escolha por mim, ainda bem que não falei nada, seria a coisa mais careta e formal possível, quebrando o encanto de um momento de amor e ternura, em vez disso, logo cedo peguei a reta para a Vila Belmiro, em Santos, num horário que contornava qualquer maré, e em pouco tempo estava atravessando a Ponte Pênsil, onde o Robert Kok tinha me mandado tomar cuidado, porque eram pedidos salvo-condutos para os estrangeiros que por ali passassem, nem me dei ao trabalho de relembrar que sou brasileiro nato de Blumenau, Santa Catarina, que num momento de bobeira tinha me alistado na Marinha alemã, era a primeira vez que eu falava assim, ainda bem que foi um solilóquio, só para mim mesmo, eu, que apesar de toda a culpa, ainda me considero alistado, só não embarcado no *U-199*, porque as contingências fizeram com que eu ficasse de fora das batalhas futuras, por razões muito sólidas e pessoais, se bem que na minha Corte Marcial, que me persegue na imaginação, o fato de eu ser um patriota brasileiro, fugindo da possibilidade de torpedear navios do meu próprio país poderia refrescar a minha acusação, mas no tribunal daquela Alemanha com juízes nazistas, que tiram o cinto dos acusados para que eles se defendam com as calças caindo, não há refresco para ninguém, enfim, chegamos, a jardineira abre a porta no portão principal da Vila Belmiro um estádio acanhado, do tipo alçapão, com o distintivo alvinegro do Santos, SFC, tamanho grande, em evidência, para que não houvesse dúvidas sobre para quem seria mais prudente torcer na tarde de hoje, que felicidade, reencontrar Leônidas pela primeira vez desde a Copa de 1938, quatro anos atrás, e de repente entra o São Paulo, recebido com uma vaia monumental da torcida adversária, e agora lá vem o Santos, aplaudido em delírio, em seguida são vaiados e xingados o juiz e os bandeirinhas, só por existirem, antes mesmo de ter acontecido qualquer coisa, de repente passa Leônidas bem perto do alambrado da arquibancada de madeira em que eu estava, bem que tento individualizar a minha comunicação com ele, acenando, em pé, com os dois braços, só que junto com mais umas 2 mil pessoas, a torcida do São Paulo que tinha se deslocado do campo do Canindé até Santos, para vê-lo jogar, o número nove, de brilhantina na cabeça refletindo o sol quente de Santos, apesar do inverno, e o jogo começa com um furioso ataque do São Paulo, e os gols vão surgindo, um, dois, três a zero no primeiro tempo, 5 x 1 no final, Leônidas fez só um gol, de grande oportunismo, ele que ganharia cinco campeonatos pelo São Paulo, o juiz nem pode sair de campo, permanecendo no centro do gramado, tal a quantidade de garrafas de cerveja, daquelas grandes, de vidro, lançadas no campo, formando uma verdadeira cascata verde, contínua, da arquibancada até o gramado, os guardas lhe garantiram a vida até terminar o estoque de garrafas de cerveja, cuja entrada era permitida no estádio, assim me dei conta de que não estava mais em território estrangeiro, estava no Brasil, um país repleto de paixões, onde o estádio de futebol precisava ter uma grade reforçada para impedir as invasões de campo, mas naquela hora eu me sentia de alma leve com aqueles 5 x 1 já nem me lembrava mais dos apertos que tinha passado no submarino, coisa para perseguir a pessoa para o resto da vida, como uma assombração, sendo que até a fuga de um submarino atacado na superfície já contraria a natureza, porque é uma fuga para o fundo, enquanto nós, animais terráqueos, queremos sempre fugir é para a terra firme, para o alto, mas não tem jeito, é para baixo mesmo que o submarino vai quando precisa se livrar de um destróier disposto a pô-lo a pique, procurando escapar das bombas de profundidade lançadas em lotes, reguladas para explodir na profundidade em que se calcula estar a embarcação inimiga, mas existe também, previsto no manual do comandante a possibilidade do abalroamento por um destróier, sem chance para o submarino perseguido, que não tem como sair bem da pancada, portanto o jeito é o submarino apoiar no fundo, indefeso e quieto, quando o destróier descobre pelo sonar mais ou menos onde ele está, que pode ser numa profundidade maior do que o limite indicado pelas especificações de fábrica, e ali ele fica, duzentos metros sob a água, com sua tripulação suando por todos os poros, ouvindo nitidamente a passagem dos poderosos e ruidosos motores dos navios em sua perseguição, bem como o farfalhar das hélices cortando velozmente a superfície, com toda a tripulação indefesa, estática, sem fazer nenhum barulho que possa revelar a posição, olhos injetados pregados ao teto do submarino, até que começam os estrondos, sendo fácil perceber, a cada passagem do navio inimigo, as regulagens feitas nas bombas de profundidade para acertar o nível de fundura ideal para uma explosão que atinja o submarino, são bombas que têm o formato de barril de chope e que no início ainda estouram longe, bem lá em cima, perto da superfície, acontece que uma hora depois os estouros surdos e fortes já estão mais calibrados, desceram uns 150 metros, para bem perto do submarino, sentem-se então os primeiros chacoalhares, são oitocentas toneladas de um submarino que balança de um lado para o outro, a ansiedade subindo, todo mundo sempre olhando para o teto, olhos esbugalhados, mas agora cada um agarra o suporte de metal mais próximo, para não cair no chão a cada explosão, e elas são muitas, e então vem mais um intervalo de silêncio, trocando o pânico por uma hora de falsa tranqüilidade, eis que os destróieres estão de volta, sabemos pela explosão de um tiro bem mais calibrado, muito perto do alvo, estrondo agora ensurdecedor, trazendo mais suor na testa que agora empapa, faces lívidas, ninguém se encara nessa hora, por pudor, ou reserva, sei lá, ou para não ver refletido nos olhos dos outros o seu próprio terror, seguem os olhos fixados no teto, como se fosse possível apenas com o olhar segurar a descida das bombas, e o estouro parece logo ali, do lado do casco tão delgado, é quando os vazamentos começam a disparar pelas válvulas de menor capacidade de retenção, hora de correr para um chafariz que esguicha forte, com ruído de panela de pressão gigante, na parede da casa de máquinas, levando uma ferramenta para apertar os grandes parafusos, mais uma estopa gigante para estancar a entrada de água, ou até usando o próprio corpo, na tentativa de conter de qualquer forma a entrada do líquido, que deposita rápido um palmo de água salgada no fundo do submarino, momento em que o fim parece bem próximo e pode estar mesmo, a esperança é ocorrer um salvamento extraordinário, a partir do momento em que o herói da casa de máquinas, o milagroso mecânico-chefe Turek mais uma vez controla o vazamento que parecia definitivo, até que o destróier se afasta, lá em cima, vai embora, satisfeito com os estragos que julga ter feito, e fez mesmo, só não conseguiu ainda acabar conosco, se bem que Turek nunca mais foi o mesmo depois desse episódio, embora naquela hora de regressar à tona, tivesse ligado as bombas na perfeição, para fazer o submarino flutuar, apesar de todas as explosões a que fora submetido, o ponteiro do relógio começa a indicar a subida, nível de 200 metros, 180 metros, 150 metros, ele agora chora como uma criança, escapamos de novo, suspira a tripulação aliviada, mas para muitos desses abnegados tripulantes a tensão extrema trouxe traumas irrecuperáveis, Turek, depois desse combate, com a navegação em curso normal, costumava ir até o posto do comandante Herberger e ficar olhando para ele, quieto, olhos arregalados, de dar medo, chorando a seco para o capitão, querendo dizer "não agüento mais, tire-me daqui", não foi só ele que ficou nesse estado deplorável moral e físico, outros homens mereciam e precisavam voltar à base por um bom período, já que as crises de choro contínuas e as próprias tremedeiras chegavam a impedir, para alguns, o cumprimento das tarefas, por mais abnegados que fossem esses homens, especialmente os que trabalhavam na casa de máquinas, cujo encarregado pifou, mas a resistência de um submarino como o *U-199* passou na prova de fogo de muitos combates, e, depois de tantos perigos que corremos, sempre nos safando de situações de alto risco e quase desespero, começamos a nos achar inexpugnáveis, o que, infelizmente não correspondeu à realidade, como sucedeu lá perto da Ilha Grande, onde, além da perda total do submarino, alguns tripulantes foram feitos prisioneiros de guerra pelo destróier *USS Barnegat*, não eu, que assisti a tudo de uma distância segura, me sentindo um traidor dos meus amigos, por não estar com eles numa situação dramática e estressante como aquela, vendo um pedaço de você, a sua própria embarcação, indo com tudo para o fundo do mar, sob a superfície plácida da região da Ilha Grande."

Capítulo 7

São Paulo

"Quando o submarino imerge, fica sem visão, perde a referência possível de obter enquanto está na superfície. Só mergulhar quando a ameaça for real e iminente."

"Na última conversa que tive com Robert Kok na Praia Grande, antes de ir para Santos, ele ficou com pena da minha situação de marinheiro sem barco, e me aconselhou a viajar da Vila Belmiro direto para São Paulo, a fim de encontrar Pedro Machado, um amigo dele, brasileiro, que gostava de ajudar alemães em dificuldade, o que poderia se aplicar a mim, com um pouco de liberdade geográfica", esclarece Werner. "Em seguida, passou-me o endereço e o telefone da casa de um primo em que Pedro costumava se hospedar em São Paulo."

"Segui o seu conselho e subi o Caminho do Mar no expressinho que vai de Santos a São Paulo, percorrendo uma serra tortuosa, cheia de curvas bastante fechadas, com moderno piso de concreto. Acabei enjoando na viagem, apesar da minha experiência nas piores condições de mergulho possíveis, com ondas de dez metros de altura a jogar o submarino em todas as direções, mais as bombas de profundidade na cabeça. Cheguei ao planalto lívido, com a testa úmida, num estado nada condizente com a minha qualificação: suboficial Werner Hoodhart, do Corpo de Submarinos da Marinha alemã."

"O motorista, muito falante, apregoava aos seis passageiros a bordo que 'havia um clima de revolta na capital paulista, pelo afundamento de seis navios brasileiros só entre os dias 15 e 19 de agosto'. Senti que a guerra me acompanhava onde quer que eu fosse, mesmo a 10 mil quilômetros da Alemanha. E o nosso motorista-repórter, ao volante, seguia informando que no dia 18, tinha havido uma demonstração patriótica dos estudantes da Faculdade de Direito, como exibição de força para a quinta-coluna saber que esse massacre, só possível a partir de informações precisas, passadas de terra, não passaria impune. Ao som de muito hino nacional', prosseguia ele, '200 mil pessoas, ou 15% da população da cidade lotaram a Praça da Sé, sendo que até Getúlio Vargas, o ditador, que não nutria nenhuma simpatia pelos estudantes de Direito de São Paulo, mandou uma mensagem em que se comprometia, caso prosseguissem os ataques, a 'internar' compulsoriamente toda a quinta-coluna residente na orla marítima.'"

"Percebi que quinta-coluna não era coisa boa, mas só descobri o que queria dizer, quando Pedro Machado, meu contato em São Paulo, contou que era uma expressão originária da Guerra Civil Espanhola, aplicada a quem trabalhava para o inimigo de dentro do território a ser invadido por uma formação de quatro colunas de soldados."

"O número de 'súditos do Eixo', ou simpatizantes da causa nazista, que se encontravam em diversas cidades do litoral, era calculado em 10 mil pessoas, segundo Robert Kok. Pelo tom de voz do motorista percebi que os alemães passaram a ser ostensivamente hostilizados. O Brasil declararia guerra ao Eixo alguns dias mais tarde. Em seguida, ele passou a falar algo que me deu arrepios, por se tratar diretamente do meu caso particular, e único. Comentava sobre uma suposta ameaça de pescadores japoneses que 'infestavam' a costa, e de submarinos alemães que rondavam o litoral de Santos, levando a reboque um pequeno planador-bombardeiro."

"Os passageiros do expressinho permaneciam passivos, em silêncio, a demonstrar que não havia grande receio de que aquelas conversas pudessem significar uma ameaça real."

"Tomei um susto com aquela informação que era verdadeira e correta, mas mantive a expressão tranqüila e relaxada com que pretendia encarar mais uma cidade desconhecida para mim: São Paulo, de que já tinha ouvido falar, como sendo lugar de gente dinâmica, que só pensa em trabalhar."

"Fiquei pensando de onde o motorista tagarela teria tirado aquela conversa, que dizia respeito a um autogiro, uma espécie de helicóptero sem motor, rebocado por alguns poucos submarinos grandes, navegando na superfície, com assento para um tripulante, que, ao voar com a geringonça, tinha um posto de observação privilegiado sobre o mar, podendo passar informações preciosas para o comandante do submarino, sobre embarcações nos arredores."

"O *U-199* nunca teve um desses aparelhos, nem outro submarino em missão longe da base, onde todos os espaços são otimizados na partida. Portanto, não haveria lugar a bordo para um equipamento deste tipo. Eu tinha informações de que os autogiros estavam em desuso, depois que, para evitar um ataque aéreo aliado, um dos nossos submarinos executou um mergulho de emergência para salvar a pele, enquanto rebocava um autogiro. Depois de gritar 'Alarm!', o marinheiro que estava no convés precisou cortar a corda presa ao autogiro, antes de se enfiar torre abaixo, para submergir, deixando o pobre piloto ainda no ar, caindo em direção ao mar como uma folha seca, por falta de impulso. Sua última visão foi a da embarcação submergindo. Uma situação ainda pior do que o terror vivido por um tripulante que está no convés, enquanto o submarino afunda a seus pés. De tanto pensar, nem percebi que já havia chegado a São Paulo. Uma cidade fria e úmida, com muita cerração, e garoa fina, num dia de céu cinzento, muito longe do sol glorioso que antevia naquela viagem."

"Após aprender a pronunciar Anhangabaú, tomei um ônibus amarelo dali para o Jardim América, a partir de informações bem precisas passadas por Robert Kok, na Praia Grande, para que eu tivesse um contato na capital paulista. Segundo ele, dali eu poderia ser reencaminhado para casa, se desejasse."

"Era a última coisa em que eu pensava, voltar a Blumenau e encarar os infindáveis pedidos de explicação que me faria o velho Günter a respeito do meu retorno, em plena guerra, sentindo, com toda a razão, um certo cheiro de desertor no ar."

"Descemos a av. Nove de Julho, e entramos na rua Estados Unidos, com o motorista instruído para me avisar quando chegasse a hora de saltar, na confluência com a rua Atlântica."

"Os poucos carros com que cruzamos tinham estranhas protuberâncias atrás, dois cilindros de metal preto, adaptados na traseira, que, em volume, equivaliam a uma geladeira."

"Algumas marcas deste equipamento, que consegui decifrar, observando pela janela do ônibus eram, Securit, Piratininga, e F. M. C. Deste último modelo observei um carro estacionado na rua, com os cilindros deslocados após um giro de noventa graus sobre dobradiças. Um engenhoso recurso para permitir o carregamento do porta-malas, apesar do gasogênio."

"A viagem do centro até aquele bairro arborizado foi bem rápida. Em pouco tempo eu estava me apresentando ao Pedro Machado, indicado pelo Robert, no sobrado com janelas tipo guilhotina, pintadas de verde, um terraço frontal com cadeiras de vime, duas salas, quatro quartos, um lavabo em baixo e um banheiro completo em cima, copa, cozinha, garagem, e uma jabuticabeira no fundo do terreno. Uma residência de classe média paulistana, financiada pela Caixa Econômica, segundo me contou o menino da casa, construída há três anos num loteamento da City.

Ao redor da construção ainda havia uma enorme extensão de terrenos vazios, correspondendo a lotes não vendidos. Do fundo daquela casa na rua Estados Unidos, era possível avistar o Hospital das Clínicas, no alto do morro, sem obstáculos pela frente. Na rua bem arborizada, e quase sem tráfego, o silêncio era total, a não ser quando um vendedor de pamonha apregoava o seu produto, em altos brados. Ou um maluco passava gritando várias vezes, a frase 'Getúlio Vargas já morreu!'. Uma afirmação falsa e arriscada, tendo em vista o fato de o ditador estar vivo, com sua polícia especial ativa, sempre pronta a reprimir protestos contra o presidente-ditador. No mais, eram alguns raros ônibus, muitas bicicletas, e as carroças dos fornecedores de pães ou verduras."

"De vez em quando um táxi passava com um silvo estranho no motor, com origem na engenhoca protuberante atrás do porta-malas. Era o gasogênio, sobre o qual eu teria explicações detalhadas dadas pelo Rodrigo, o menino da residência em que Pedro, meu contato em São Paulo, era hóspede."

"Após conferir o número da casa da rua Estados Unidos, estiquei o dedo para tocar a campainha, mas parei no meio do movimento, surpreso com a visão de uma inesperada cabra presa a uma corda, puxada por um rapaz que ia de casa em casa, em busca de freguesia. Ele vendia leite tirado na hora, e tinha uma clientela fiel que o esperava com o copo na mão. Um contraste muito grande com a pujança daquela cidade, que já se aprumava como centro industrial importante. Quem abriu a porta para mim foi Leontina, empregada da casa. Muito gentil, foi logo dizendo: 'Seu Pedro está esperando o senhor desde cedo.' Em seguida, hospitaleira, indicou-me o sofá em que deveria sentar e ofereceu um café, com ar de tristeza: 'a patroa adorava estas xícaras de café, cada uma diferente da outra, que ela comprava uma a uma em antiquários.'"

"Morreu não faz muito tempo, informou sem ser perguntada, de câncer, na coluna vertebral. Deixou maravilhosas orquídeas, das quais tratava pessoalmente, na pérgula dos fundos da sala de jantar."

"A fala contínua de Leontina foi interrompida por um sonoro 'boa tarde', com voz de barítono. 'Então você esteve com Robert Kok na Praia Grande?', disse o hóspede da casa, dirigindo-se a mim, com uma intimidade nascida naquele mesmo instante."

"Pedro era um brasileiro amável, sorridente e de bom humor", descreve Werner, "óculos redondos de aros marrons, terno escuro impecável, lenço branco despontando com displicência do bolso de cima, do paletó, camisa azul e gravata vermelha, meias e sapatos pretos. Recendia a água-de-colônia Lancaster, da Argentina, com uma fragrância um pouco exagerada, eu que era viciado no aroma neutro da 4711, do qual não estava mais enjoado, como no submarino, pelo contrário, gostaria muito de ter um frasco daquela água-de-colônia para passar em mim, agora."

"A primeira coisa de que Pedro me informou foi que o primo Dorival, o dono da casa, era um ferroviário que detestava os nazistas. Tivera um convite para visitar a Alemanha, em 1938, para conferir as locomotivas e vagões que o país poderia fornecer ao estado de São Paulo. Não quis ir, afirmando, com desprezo, que não visitaria um país que tinha um ditador barato no poder. Preferiu viajar aos Estados Unidos, onde passou um ano. Voltou acreditando na grande capacidade de produção dos norte-americanos, ao entrar na guerra. 'Você pode imaginar uma coisa dessas, Werner?'"

"Aquele toque do Pedro me fez entender que ele era pró-nazi, embora o Robert Kok, da Praia Grande, não tenha dado nenhuma dica a respeito de quão envolvido ele fosse com a nossa causa. Eu mesmo nunca tocaria neste assunto tão delicado, especialmente na situação em que me encontrava, desembarcado de um submarino, em território inimigo, por acaso, a minha própria pátria."

"Nossa conversa começou com generalidades, quando ele me informou, falando sério, que a guerra tinha chegado a São Paulo, uma cidade a setecentos metros de altitude e a sessenta quilômetros da costa, que estava se preparando para um ataque alemão. Como era possível perceber pelas cortinas pretas que estavam enroladas durante o dia, mas que eram utilizadas à noite, nos exercícios de blecaute, quando as lâmpadas normais dos abajures eram trocadas por luz roxa, a fim de não serem avistadas pelos aviões alemães que sobrevoassem a cidade, ou pelos guardas noturnos que apitavam, caso alguma luminosidade fosse visível da rua. Só então percebi o ar de gozação do Pedro."

"Fiquei perplexo com essas primeiras informações que recebi sobre São Paulo, eu que não tinha encontrado nenhum blecaute em Nova York, uma cidade costeira, a mais importante de um país em guerra com a Alemanha."

"Ainda mais inusitada era a história do gasogênio", raciocinou Werner, "uma tentativa canhestra de encontrar alternativa para a gasolina que faltava por aqui. Uma opção que, além de entupir o misturador e estragar o motor, deixava um cheiro insuportável de gás de cozinha no ar, e também dentro do carro, sendo que o rendimento do motor era de uns 40% em relação ao motor a gasolina. O assunto devia ser tão importante, que foi criada pelo governo a Comissão Estadual do Gasogênio, cuja primeira preocupação foi produzir um filmete para passar nos cinemas, chamado 'Nosso amigo o Gasogênio', exibido junto aos cinejornais e longas metragens norte-americanos."

"Essas produções, de uma Hollywood participante do esforço de guerra, não apenas deixavam a população com ódio dos alemães, como também com muito medo dos soldados nazistas, por sua crueldade sem limites, revelada em filmes que pareciam inocentes, mas faziam parte da propaganda norte-americana", concluiu Werner.

Chega a hora do almoço e aparece Dorival, no Chevrolet a gasogênio da estrada de ferro de onde era diretor, pilotado por um preto de dentes muito alvos, o Waldemar, de terno e gravata azuis, camisa e meias brancas, sapatos pretos, e um boné de motorista também azul, com um colorido mapa do Brasil no forro, protegido por um celofane.

O dono da casa tinha fartos cabelos grisalhos, penteados para trás, e envergava um terno Príncipe de Gales, cinza, muito bem cortado, de um alfaiate belga da rua Augusta. Gravata vermelha, lenço branco bem dobrado no bolso de cima do paletó, óculos redondos de aro prateado, sapatos ingleses de couro granulado marrom, brilhando de tão bem engraxados, marca Clark, meias cinza-escuras.

Em seguida chega Rodrigo, uniforme quadriculado em preto e branco do Externato Elvira Brandão, manchado de amarelo da mostarda de um cachorro-quente devorado no recreio da escola.

Após as aulas ele vinha sozinho, descendo a rua Augusta na plataforma vazia de trás do bonde, enquanto o motorneiro ficava na frente do veículo. Seu esporte preferido era apertar com o pé um pedal no piso da cabina, para liberar areia, que fazia montinhos nos trilhos, só de farra, enquanto descia a ladeira, aos sete anos de idade. A areia servia para evitar a derrapagem das rodas de tração dos bondes, sobre os trilhos, em dias de chuva. Mas quando chegava a hora de usar a areia para valer, o motorneiro, soltando palavrões, descobria que o depósito estava vazio.

Da Augusta até a casa do pai, o menino ainda caminhava uns cinco quarteirões "um bem mais comprido que os outros", conforme detalhou ao novo visitante, "amigo do tio Pedro", sem ser perguntado.

Rodrigo chegava com uma fome danada, atirando-se vorazmente ao bife com batatas fritas, arroz e feijão mulato, seu prato predileto, servido todos os dias com verduras variadas, que ele comia sem tanta vontade. Ao contrário da goiabada com Catupiry, que deglutia com prazer em todas as refeições, como sobremesa-padrão.

Quando soube que Werner era de Santa Catarina, Rodrigo perguntou logo qual era a capital do estado. Desinteressou-se logo pelo assunto, quando Werner respondeu Florianópolis. Passou a enumerar, também sem ser perguntado, as cidades que conhecia, além de São Paulo: Santos, Guarujá, São Vicente, Rio de Janeiro, Cotia, Amparo e Bragança Paulista.

Dorival mostrou-se muito amável com Werner desde o início, nada perguntando sobre suas origens. Bastava saber que era conhecido do Pedro Machado, seu primo postiço de Araraquara, e que morava em Blumenau, uma terra em que "parece ser proibido falar português", disse, com ar de gozação.

Uma hora após a refeição, Dorival levantou e foi ao banheiro para escovar os dentes. De passagem, mandou Rodrigo avisar ao motorista que estava pronto para sair. Sem titubear, o menino correu para fora de casa e gritou, com voz aguda: "Waldemar, liga a ventoinha".

"Embora soubesse dar partida nos motores diesel e elétrico do submarino", observou Werner, "aquela tecnologia de acionamento de um motor a explosão era totalmente nova para mim."

"O Chevrolet 1939 estava parado na rua, um modelo comum, igual a alguns que eu tinha visto rodando com gasolina. Mas o gasogênio, fabricado no Brasil, tinha como combustível o prosaico carvão de churrasco. Um apêndice grosseiro, que não fazia concessões às linhas modernas do veículo americano, com seus faróis presos como torpedos na parte de cima dos dois lados do motor", observou Werner.

"Além da caixa pesada da fornalha, na altura da capota do carro, havia tubos grossos atrás ou por cima da capota, mais o barulho da ventoinha na partida, como uma sirene abafada, acionando e alimentando a queima do carvão, para que os gases produzidos se expandissem como combustível."

Rodrigo, muito excitado, estava na rua, ao lado do Waldemar, frente ao gasogênio, acompanhando os detalhes da partida, enquanto enfiava e torcia um ferro comprido no carvão, já em combustão na fornalha.

O motorista da era do gasogênio andava as voltas com sacos de carvão, grelhas, filtros, ventoinhas, tudo sob densa poeira negra.

Waldemar vira-se para Werner e sente-se na obrigação de dar explicações: "A gente precisa limpar o bico injetor de gás quase todo dia, porque entope com muita facilidade, e o motor não agüenta nem subir a Rebouças", explicou, imaginando que o catarinense conhecesse o funcionamento do aparelho, e a existência daquela avenida que ficava a pouca distância dali. Suposições erradas.

Em seguida, Waldemar toma o assento do motorista, com Rodrigo ao lado. O menino pede licença para acionar a injeção de gasolina, um segredo para o carro pegar, ao que o motorista responde: "um pouco só, o tanque de gasolina não tem nem cinco litros".

É que havia uma pequena reserva de gasolina, para ajudar na partida, e também para alguma emergência, em que a potência plena do veículo fosse exigida.

Rodrigo só foi chamar o pai após vinte minutos da operação-partida, quando o Chevrolet rodava só com gasogênio, motor em marcha normal, não fosse por alguns engasgos ocasionais, que

Waldemar explicou serem causados por pequenos pedaços de carvão que passavam pelo filtro e alojavam-se no misturador, uma peça equivalente ao carburador num carro a gasolina. Nessa altura, o menino tinha a cabeça para fora da janela, para não respirar o gás que tinha passado para o interior do veículo, durante o giro do motor.

Dorival entrou no Chevrolet e, de vidro aberto, acenou para Werner, que estava na calçada. Neste momento passa um carro silencioso, bem rápido, de linhas elegantes, sem gasogênio, seguramente movido a gasolina, e segue pela mão dupla da rua Estados Unidos, em direção à rua Augusta. Mesmo sem ninguém perguntar, Dorival faz cara de riso e explica a Werner com certo sarcasmo: "é carro de médico, eles podem rodar quando vão visitar um paciente, o que parece ser sempre o caso. Pode ser também militar, deputado, ou mesmo um contrabandista", acrescentou ao fechar o vidro, sorrindo.

A São Paulo da guerra tinha as ruas desertas, com todo mundo andando de ônibus, ou de bicicleta, pedestres atravessando a rua sem precisar olhar para os lados, alguns gasogênios mal regulados soltando fumaça preta desagradável de respirar. Poucos veículos a gasogênio se aventuravam pelas estradas, mas com dificuldade de completar a viagem. A piada é que toda a frota de carros a gasogênio que existia em São Paulo foi parar em Santos, sem conseguir subir a serra de volta ao planalto.

Os Cadillacs, Packards, Hudsons, Lincolns, Chryslers, Oldsmobiles, Dodges, das casas mais abastadas da avenida Paulista, poupados por seus donos durante a guerra, não passaram pelo opróbrio de receber o monstrengo. Ficaram em suas garagens, durante todo o conflito, apoiados sobre calços de madeira, sem pneus, e com uma flanela grossa a cobrir a carroceria. Seus motoristas, para não ficar sem serviço, continuavam a tratar dos carros, rodando o motor de vez em quando, reparando pequenas imperfeições, lavando e polindo sem parar, o que fez com que os veículos que voltaram a rodar após a guerra, vencido o racionamento, ficassem com aparência melhor do que a anterior, como pode ser visto no primeiro Carnaval da vitória, de 1946, em que os carros desfilaram gloriosos, no corso da Avenida Paulista. Naquele dia, alguns raros gasogênios, que ainda se aventuraram pelo desfile, foram alvo de chacotas.

No ano de 1944, para dar um certo alento aos desanimados proprietários de veículos a gás de carvão, foi realizado o I Grande Prêmio São Paulo de Automobilismo, em Interlagos (inaugurado em 1940), vencido pelo imbatível Chico Landi, o primeiro herói do automobilismo brasileiro. Detalhe: todos os carros inscritos na corrida eram movidos a gasogênio, e a maioria não chegou ao final da prova.

Capítulo 8

Falta farinha de trigo

> "Se o submarino é compelido a submergir, forçado pelo inimigo, não deve ficar em baixo d'água por muito tempo. Emergir de novo, assim que a situação permitir."

"NA PARTE DA TARDE PUDE CONHECER MELHOR O PEDRO, com Dorival no trabalho e Rodrigo se preparando para as provas de meio de ano. Começamos a conversar em alemão", conta Werner, já aclimatado em São Paulo.

"Logo de cara comentei que também não tinha entendido o blecaute de São Paulo, afinal, quem viria atacar essa cidade por avião? Para que blecaute, se nem mesmo Nova York, à beira-mar, tinha adotado essa medida", completou.

No ato, Werner percebeu que tinha falado demais. Pedro registrou, e se valeu da sua indiscrição sobre o tema, para aprofundar o assunto.

"Meu caro Werner, se você sabe tão bem que Nova York está toda iluminada, à mercê dos submarinos alemães, é sinal de que andou passeando por aquelas bandas", disse Pedro Machado.

"Deve ter sido um passeio longo, muito instrutivo, mas só para quem consegue completar o longo percurso de ida e volta", disse, com ar de gozação. "Mas não se preocupe comigo, vou logo dizendo quem sou, para que não haja dúvidas ou temores. Tenho uma fábrica de colchões 100% nacional, o que não é nada fácil nesses tempos de guerra, em que todas as matérias primas estão em falta. Quebramos a cabeça na produção, mas agora posso dizer que ninguém no Brasil vai deixar de dormir bem por falta de colchão de mola. Fica em Araraquara, interior do estado de São Paulo, onde posso ter uma vida tranqüila, ouvindo minhas ondas curtas no volume que desejar e no idioma que me aprouver."

"Minha participação na guerra é nula, tenho apenas meus ouvidos abertos para as informações que vão surgindo, tanto na BBC, como na emissora de ondas curtas nazista, eu que tenho a facilidade de falar bem o inglês e o alemão. Mas não possuo um transmissor, nem nada, apenas ouço e procuro ajudar gente ligada à Alemanha que dá com os costados por aqui, no estado de São Paulo, como você. Minha simpatia pelos alemães decorre do fato de que minha mãe era nascida na Alemanha. Ela insistiu em me ensinar o idioma, sempre dizendo que isso teria muita utilidade para mim no futuro, como acabou acontecendo", prossegue Pedro.

"Agora, há esse blecaute radical, que poderia até indicar uma grande preocupação da população com um possível ataque alemão, o que não corresponde à realidade."

"A escuridão que estamos vivendo toda noite em casa, com esse sufoco das cortinas pretas abaixadas e das luzes roxas, que não permitem nem mesmo a leitura, faz parte de um conjunto de medidas tomadas pelo governo brasileiro", observa.

"A intenção é coibir as atividades dos simpatizantes do Eixo, a partir do momento em que os navios mercantes brasileiros começam a ser afundados, um após o outro", disse Pedro.

"Por exemplo, você sabia que os empregadores agora podem rescindir, sem pagar direitos, os contratos de trabalho com os 'súditos' dos países do Eixo?"

"E que tal essa outra lei, a da liquidação extrajudicial das empresas, indústrias e bancos controlados pelo inimigo? O jeito de as empresas alemãs escaparem dessa lei, foi transferir as suas ações para o nome de brasileiros, geralmente funcionários, para evitar a liquidação", pontifica Pedro.

"Assim, eles passam a ser os novos donos do negócio. Só devolverão a empresa para os acionistas legítimos, após a guerra, se assim desejarem."

"Mais uma: a espionagem a favor do inimigo dá vinte anos de prisão, e até pena de morte; idem para quem instalar aparelho transmissor de telegrafia, ou fornecer projetos de inventos para autoridades estrangeiras."

Neste momento Rodrigo entra na sala, pára de súbito e estranha: "mas que é isso, vocês estão falando alemão, igualzinho ao que vi no cinema. Minha professora disse que é proibido falar alemão, ou japonês. E lá no Sul, ela comentou que anda todo mundo mudo, porque eles só sabem falar alemão".

Werner vestiu a carapuça no ato. A piada da professora tinha tudo a ver com a realidade.

"Eu vim trazer um pão de trigo, que a vizinha me passou pelo muro. Olha que branquinho, vamos comer com manteiga, ainda está quente", completou o caçula de Dorival.

Enquanto saboreava com prazer aquele alimento tão raro, o menino ia explicando as agruras que a guerra tinha trazido para sua família, em matéria de alimentação. "Nada comparável à tragédia na Europa", pensou Werner, "mas ainda assim surpreendente, por estarmos no Brasil."

"Farinha de trigo agora é escura", disse Rodrigo. "E o pão é preto e duro, com gosto ruim, não se compara com esse que a vizinha me deu. Eles têm fazenda de café, de certo lá é mais fácil conseguir o trigo", deduziu. "Pena que não me deram um pouco da farinha de verdade, para a Leontina fritar aquele pastel de queijo sequinho que só ela sabe fazer."

"Em vez de pão, a gente tem de comer um biscoito argentino meio salgado que vem na lata vermelha, grande, eu não gosto. Ou então este pão escuro, uma droga. Desse jeito, prefiro comer só um pedaço de queijo de Minas no café da manhã."

Pedro esperou o menino sair para continuar falando da Guerra, seu tema preferido, com invejável conhecimento de causa.

"Minha inclinação pelos nazistas vem do fato de que a Alemanha estava uma baderna, após a Primeira Guerra Mundial. Havia uma inflação que decuplicava de manhã à noite, assaltos, dívidas, desemprego. Hitler colocou tudo nos eixos. E a própria guerra, até agora significa uma magnífica vitória da Alemanha, contra tudo e contra todos, numa velocidade surpreendente, funcionando como se a teoria da raça superior fosse uma realidade. Em breve a Europa inteira estará dominada."

"É, Pedro", disse Werner, esquecendo pertencer à Marinha alemã, "mas você precisava ter ido comigo à Copa do Mundo de 1938 para ver qual é a raça superior: um preto fantástico que vi jogando na França, e ontem de novo em Santos, na Vila Belmiro, Leônidas da Silva. Acabou com o jogo na Copa da França, sendo que a Itália ganhou da gente por causa de um pênalti roubado, marcado quando a bola estava fora de campo."

Depois dos elogios ao regime de força que havia consertado a Alemanha, Pedro começou a falar da perseguição aos judeus, que segundo deduzira de algumas informações esparsas, estava indo numa direção muito perigosa, a partir da orientação vinda do próprio ditador, da sua eliminação pura e simples, além dos enfermos graves, aleijados, ciganos, pessoas defeituosas, doentes mentais, homossexuais, e diversas outras categorias que contrariam a teoria da raça pura.

"Quando uma ordem como essa vem de cima, os requintes de crueldade de cada uma das pessoas envolvidas na ação pode chegar a limites impensáveis, como está acontecendo com os nazistas na Europa", admitiu o bem-informado Pedro.

Naquela altura Werner já confiava no recém-conhecido, a ponto de revelar que pretendia voltar em breve ao litoral de São Paulo, para ver se encontrava uma pessoa com quem se relacionara numa rápida visita à Praia Grande, e também para ter notícias do U-199, o barco do qual ele ainda se considerava tripulante.

Pedro resolveu, então, para orientação de Werner, revelar algo importante de que tinha informação. Um assunto em que se sentia até constrangido de falar.

"Sua história foi divulgada para os quatro cantos do mundo pela emissora de rádio da Marinha alemã. E as notícias não são boas. Hoje você figura nos quadros de combatentes alistados, como um desertor, tendo desembarcado, para não mais retornar a seu barco, numa incursão militar à costa Sul do Brasil", revelou Pedro para o atônito marinheiro.

Werner ficou lívido ao receber essa informação, que para ele era apenas o prelúdio de uma Corte Marcial, que tantas vezes imaginara para si próprio. Respondeu a Pedro que reconhecia a veracidade da história, no seu velho estilo de autoflagelação e arrependimento. "Ser denunciado por abandono da embarcação é uma hipótese mais do que plausível, por corresponder a uma atitude que de fato tomei", confessou Werner.

Com a confissão, o marinheiro brasileiro sentiu aliviar a pressão sobre o peito e a própria culpa, que até então guardava sozinho, por conta da falta grave que havia cometido, e da qual não se perdoava.

"Mas às vezes acho o contrário, penso ter agido corretamente", disse, de regresso à sua dúvida hiperbólica de sempre.

Ao mesmo tempo ficou mortificado com a notícia a seu respeito, que Pedro havia disparado no ar, como quem não quer nada, até com certa maldade, talvez porque estivesse diante de alguém alistado nas forças armadas alemãs, que não estava cumprindo o seu papel corretamente.

"E tem mais", informou Pedro, com certo prazer sádico, "descobriram aquele papel escrito a lápis pelo rádio-telegrafista, que você havia guardado debaixo do leito, e que reproduzia a ordem dada pelo grande almirante Doenitz para ataques aos navios brasileiros, a partir de então. Deduziram que você havia desertado a partir do momento em que a guerra colocou em perigo os navios brasileiros, uma opção por seu país de nascimento. Chegaram a ler um editorial no rádio, para servir de exemplo, destacando a importância de se manter fiel à pátria-mãe, quaisquer que fossem as origens dos combatentes do Eixo, a quem os soldados devem uma devoção cega", concluiu.

O ambiente estava ficando um pouco tenso, diante das notícias frescas trazidas por Pedro, que aparentemente estava mesmo a par de tudo.

Foi o próprio Pedro que desanuviou o ambiente: "*mein lieber Werner*, você fez tudo certo, mostrou bravura, entrou numa batalha que não era sua, a partir de uma origem alemã, que não tem o condão de transformá-lo automaticamente num alemão. Acho que você fez muito pela tradição da família de seu pai, e ele deve se orgulhar de você".

Ao ouvir essas palavras, Werner não agüentou e caiu no choro, imaginando que o velho Günter também poderia ter ouvido a transmissão da Alemanha.

"Quem sabe meu pai tivesse raciocinado como o Pedro, absolvendo-me da culpa de desertor. Afinal, quando eu entrei na guerra, pensei que jamais pudesse haver um conflito entre

Alemanha e Brasil, tão próximos para mim eram esses dois países e seus respectivos idiomas, em Blumenau", choramingou Werner.

"Quanto ao seu retorno à Praia Grande", disse Pedro, "terei prazer em levar você no meu carro até a Estação da Luz, para uma viagem inesquecível até Santos, pela São Paulo Railway. O trem segue serra abaixo, vencendo os setecentos metros de desnível quase na vertical, preso a resistentes cabos de aço, que ligam a composição que sobe, à que desce, como contrapeso. Repare nos vagões. São construídos de forma que as mesas, poltronas e até as banquetas do bar do carro-restaurante fiquem sempre na horizontal, mesmo com a descida tão íngreme, o que dá uma impressão curiosa para quem olha de fora."

Pedro levou Werner de carona até a Estação da Luz, em seu carro, um Oldsmobile que não usava gasogênio, funcionava a gasolina, o que denotava o excepcional prestígio que ele deveria ter, além de uma boa situação financeira.

"Antes de descer do carro, recomendou que me encontrasse de novo com Robert Kok na Praia Grande, para que o dono do Hotel dos Alemães me ajudasse a localizar o *U-199*, se esta fosse minha intenção, e o submarino ainda andasse por lá. Com isso eu poderia voltar para bordo, com boas explicações para dar ao comandante e aos companheiros."

"Fiquei desalentado quando entendi que Pedro estava me mandando de volta justamente para a pessoa que o havia indicado para mim, como um bom informante de São Paulo."

"Mande um abraço para o Kok, e espero que ele me escreva para o endereço de Araraquara", disse Pedro. "Quero trocar idéias sobre como está a evolução da guerra. Com a propaganda e a contrapropaganda, a gente fica sem saber a quantas andam as batalhas e as invasões."

Em seguida Pedro perguntou se Werner tinha dinheiro, ao que o marinheiro perguntou se ele poderia trocar alguns Reichsmark por mil-réis. Em resposta, colocou um maço de notas em sua mão, dizendo: "você me paga depois da guerra".

Werner olhou com cuidado para o fabricante de colchões, tão generoso com ele, examinando sua fisionomia serena, e chegou à conclusão de que Pedro sabia demais, assim como o Robert, para ser um simples espectador dos fatos relacionados à guerra.

Com olhar firme, Werner encarou Pedro com firmeza, e soltou uma frase que tinha presa na garganta: "Depois de prestar serviços à pátria de meu pai, optei agora por uma vida pacífica, no Brasil, o meu país". Pela primeira vez, passou firmeza em sua decisão.

E prosseguiu: "Considero cumprida a minha missão na guerra. Meu retorno à Praia Grande não terá objetivo militar. A intuição me diz apenas que preciso encontrar uma encantadora menina chamada Clara, no Hotel dos Alemães. Tenho certeza de que ela está grávida".

Werner nunca chegou a tirar a limpo qual a verdadeira atuação de Pedro na guerra. Não teve a oportunidade de se encontrar de novo com ele. Apenas deduziu que ele era muito poderoso. Sua morte, em Araraquara, ocorreu pouco depois de terminado o conflito, no qual ele havia optado pelo lado perdedor.

"A última frase que ouvi dele", lembrou Werner, "acenando para mim do volante de seu automóvel branco, foi um cordial, e sincero, *viel Glück!* – 'boa sorte!'."

Na hora de entrar no trem, Werner vacilou: "E se Clara estiver mesmo grávida?", refletiu.

Ficou pensativo até o trem partir, suavemente, sem ele.

Capítulo 9

Sola de papelão

"Não submergir se o avião inimigo for detectado muito tarde. Contra atacar com as baterias antiaéreas."

Depois de uma semana em São Paulo, em que Dorival não consentira que ele pagasse pela estadia, Werner já se sentia aclimatado no Brasil, enquanto as terríveis vicissitudes que enfrentara em combate, as noites em claro dominadas pelo pânico das bombas de profundidade, a umidade chegando aos ossos, uma perene claustrofobia, e a comida com gosto de azinhavre, já iam ficando atenuadas em sua memória, pelo bom tratamento que recebia daquela família acolhedora de São Paulo, no Jardim América. Ali, ninguém lhe perguntava se ele tinha intenção de ir embora algum dia.

Mesmo os problemas de escassez de farinha de trigo e gasolina, além do trambolho do gasogênio, e o blecaute, pareciam para ele cada vez menos graves, em relação à situação crítica enfrentada pela população dos países europeus.

Rodrigo, ao voltar da escola, estava sempre disposto a fazer uma saraivada de perguntas para o amigo marinheiro, sobre assuntos gerais.

O programa preferido de Werner na cidade, sob o pretexto de "levar o menino" é ir ao Instituto Butantã, onde fica fascinado com o espetáculo da retirada do veneno de cobra, por um hábil funcionário que segura o réptil pela cabeça. Em seguida encaixa as presas do animal por dentro de um vidro de laboratório, pressionando o depósito do líquido, que fica na base das presas, contra um vidro de laboratório. O veneno escorre pela parede do frasco, em quantidade suficiente para matar um homem em pouco tempo. Werner não cansa de apreciar esse espetáculo que o fascina, e medita sobre o poder absoluto exercido no planeta Terra, por um animal como aquele. Um bicho que, para o homem, contém a morte.

Segundo o técnico do Butantã, "embora cobras não ataquem seres humanos, elas são capazes de hipnotizar e matar animais de qualquer porte. Para isso basta que a mordida libere apenas uma parte daquele veneno que retirei do animal com a finalidade científica de preparar o antídoto. Depois a cobra devora o animal inteiro, lentamente, sendo possível apreciar o volume do animal engolido, pelo relevo que sobressai do corpo da cobra, enquanto é lentamente digerido".

Com o conflito mundial sempre na cabeça, Werner constrói imediatamente uma involuntária e prosaica relação entre o Butantã e a Guerra, em que o terror nazista, como a cobra, se baseava primeiro em aterrorizar, para depois matar.

Mas não era só Rodrigo que se interessava pelo alemão-catarinense. Toda a família tratava bem daquele hóspede afável e ao mesmo tempo misterioso, a partir da apresentação feita por aquele brasileiro simpatizante do nazismo, que Dorival chamava de primo, e Rodrigo, de "tio Pedro".

O menino estava sempre no encalço de Werner, fazendo questão até mesmo que o ex-tripulante do *U-199* o ajudasse a escolher pães e broas de milho levados uma vez por dia numa cesta de vime pelo Manuel, filho do dono da padaria, para que não faltasse pelo menos pão fresco na casa, já que o sabor não se comparava ao do produto genuíno.

Antes da guerra, quando ainda havia trigo disponível, Manuel passava sua cesta três vezes ao dia, de manhã, na hora do lanche, e no jantar, anotando as despesas da padaria em uma caderneta de capa preta, para cobrança no fim do mês.

Apesar de manter a rotina, como se nada tivesse mudado em sua casa, o menino intuía que Werner tinha a ver com a guerra, mesmo sabendo que as batalhas eram travadas lá longe, na Europa.

Pela expressão do pai ao ouvir, de noite, as transmissões dos discursos de Hitler, mesmo sem entender nada, Rodrigo percebia que a situação era muito grave. Os longos silêncios do *Füehrer*, seguidos de seus histéricos gritos agudos, não necessitavam de tradução.

Mas as informações inteligíveis vinham mesmo da BBC de Londres, que, em nome da verdade, embora disfarçando um pouco, acabavam por retratar a derrota quase total que os alemães infligiam naquele momento à Europa, exceto Inglaterra, que, não obstante, estava sendo ameaçada.

As múltiplas vozes, os aplausos, os gritos maciços do povo, eram amplificados pela imaginação e sensibilidade daquela criança brasileira, que percebia tudo, embora tão longe da Guerra, e quase sem informações, reservadas apenas aos adultos. Até a importância e a imponência dos hinos nazistas que se seguiam aos discursos, cantados em uníssono por uma massa humana fanatizada, mostravam o perigo para o mundo, do que estava acontecendo na Alemanha. Numa transmissão que as ondas curtas tornavam ainda mais dramática, ao ampliar e diminuir de forma intermitente e cheia de chiados, os sons vindos de um conflito tão distante.

Rodrigo sabia que Alfredo, seu irmão mais velho, tinha sido convocado. Percebeu que não era coisa boa, quando observou a postura encolhida do pai, ao chegar em casa naquele dia, para almoçar. Estava cabisbaixo, soturno, e trazia o Diário Oficial debaixo do braço, colado ao vespertino A Gazeta, que lia habitualmente.

Resolveu subir a escada atrás do pai, até o quarto do irmão mais velho, que por acaso estava em casa.

Sentiu o desalento dele, quando Dorival lhe disse, sem nenhum rodeio: "você acredita, meu filho, que quando cheguei à ferrovia, hoje de manhã, encontrei exemplares do Diário Oficial em cima da escrivaninha, com o seu nome assinalado em lápis vermelho, numa lista de convocados para lutar na Guerra? Com que prazer esses 'amigos' fazem o possível para levar notícias ruins aos que lhes são próximos. E tudo no anonimato".

Alfredo ficou pálido, no ato, engoliu em seco, não conseguiu impedir que o seu gogó subisse e descesse por duas vezes.
Estava mais preocupado, com a própria pele, do que com o eventual sadismo com que os colegas de escritório trataram seu pai.

Rodrigo chorou bastante, ao entender qual era a notícia que Alfredo acabara de receber. Depois, abraçado ao pai, ficou entre pensativo e preocupado, imaginando seu irmão embarcando para a Itália, um lugar em que fazia um frio danado no inverno, segundo as informações que tinha obtido numa parada militar a que tinha assistido no Rio de Janeiro, com sua tia Lia, com quem passara as férias de meio de ano.

No desfile da FEB – Força Expedicionária Brasileira –, a que assistiu, os soldados brasileiros usavam um chapéu de pano de abas moles, do tipo que fazia parte do uniforme dos lixeiros de São Paulo, como aqueles que também se usam na praia, e os calçados tinham sola de papelão, para caber no orçamento do Exército.
Iriam lutar na Itália sob o duvidoso dístico "A cobra está fumando", cuja origem teria sido uma frase de opositores, para quem

seria mais fácil "uma cobra fumar, do que o Brasil entrar na guerra". Um símbolo surpreendente e de gosto duvidoso, onde as cores aparecem em profusão, sem muita preocupação de que se harmonizem.

Nada de verde-amarelo. Dentro de um retângulo com os cantos quebrados, uma cobra negra, em posição de dar o bote, ostenta um cachimbo fumacento na boca, lembrando o do Saci-Pererê. A moldura da figura é em vermelho, e a cobra fica sobre um fundo amarelo. O nome Brasil, na parte superior do distintivo, é escrito em negativo, sobre fundo azul claro. Um símbolo que, apesar das incongruências de design, representa força. Era aplicado, com orgulho, na parte superior da manga dos combatentes brasileiros.

Em sua tristeza pela convocação do irmão, Rodrigo imaginou Alfredo de farda verde, pronto a embarcar em um navio, para a guerra na Europa, diante de uma multidão emocionada e comovida.

Em seguida lembrou do primeiro filme de guerra a que assistiu em São Paulo, embora proibido até dez anos, no cine Alhambra, centro da cidade, junto com seu amigo o marinheiro catarinense.

No filme, os alemães (e os japoneses também) eram pintados como criaturas de uma crueldade bestial – Werner classificou o filme como "de mau gosto" –, a ponto de fazer o menino ficar insone, cabeça coberta pelo lençol, com medo de uma guerra travada a 10 mil quilômetros de distância, e de uma imagem de um soldado morto na neve, com sangue saindo pelo nariz e pela orelha, que o documentário em preto e branco tornava ainda mais dramático.

Por um segundo, Rodrigo vislumbrou a fisionomia do irmão mais velho, no lugar daquele soldado morto em ação.

Foi quando um calafrio percorreu a sua espinha, seguido por um incontrolável pavor, originário dos exercícios de blecaute, e dos discursos ouvidos no rádio por seu pai, que traziam a guerra até bem perto dele.

De fato, as luzes roxas acesas na sala, à noite, com as cortinas escuras hermeticamente fechadas e o guarda apitando na rua, à cata de fugidias réstias de luz que fariam os nazistas localizar a sua casa, em São Paulo, eram amedrontadores para qualquer criança, e para os adultos também.

Assim como Rodrigo, Werner também não conseguiu dormir direito, após o filme.

Claro que Alfredo não foi para a Guerra, graças a seus pés chatos, nem os soldados brasileiros entraram em combate com a mesma indumentária com que partiram do Brasil. Os americanos deram-lhes um banho de loja logo ao chegar à Europa, ao exigir o uso obrigatório de capacetes de aço em combate, assim como fardas que não fossem verdes como as que os brasileiros envergavam ao descer dos navios, para não confundir com o uniforme alemão.

Também os sapatos originais foram logo substituídos por pesadas e resistentes botas militares, ao primeiro sinal de que as solas de papelão estavam derretendo em contato com a neve.

No início da ação dos brasileiros na Itália, o português chegou a ser utilizado, por um período, como código secreto para a transmissão de mensagens entre batalhões.

Demorou, para que os alemães, sem saber que havia brasileiros no pedaço, decodificassem aquele estranho idioma, que os aliados estavam usando em suas comunicações.

Até hoje ninguém sabe se esse episódio de fato ocorreu por algum tempo, ou se a informação não passou de uma piada inventada por alguém que não conseguia se entender com os brasileiros, numa língua que parecia italiano, espanhol, ou catalão, mas que não era nenhuma das anteriores.

Bem alimentados, e uniformizados, de acordo com as necessidades de combate, os brasileiros mostraram a sua bravura. Como no caso da heróica tomada de Monte Castelo, e, mais importante, da vitória em Montese, onde tiveram 426 baixas. Em uma questão de dias, os brasileiros encurralaram e forçaram a rendição de dois generais, oitocentos oficiais, e 14.700 soldados. A 148ª Divisão alemã foi a única divisão a se render intacta nesse front, aos brasileiros.

Foram 23.702 pracinhas que estiveram na Itália, tendo morrido 454 deles, em onze meses de ação.

O único hábito que os soldados brasileiros não adotaram dos americanos foi o da marca de cigarro. Em vez de Chesterfield ou Lucky Strike, preferiram continuar a fumar Yolanda, que tinha a figura de uma mulher no maço. Era um fumo tão ruim, que os habitantes da região, sempre atrás de cigarro, dispensavam o Yolanda quando oferecido: "a loura maldita, não!".

Capítulo 10

Noviciado

"A força de um submarino e o seu principal recurso é a invisibilidade, graças à sua capacidade de submergir, o que resulta nos ataques de surpresa."

A PRIMEIRA VIAGEM DE WERNER, depois de alistado como *Bootsmannsmaat*, ou oficial de terceria classe, no *U-66* foi bem longa e surpreendente. Uma missão que positivamente não era para principiantes. A declaração de guerra dos Estados Unidos ao Japão e à Alemanha mal tinha sido feita, após o ataque surpresa japonês a Pearl Harbour, em 7 de dezembro de 1941, sobre o qual nem mesmo os aliados alemães haviam sido avisados. Mas, em janeiro do ano seguinte, lá estavam cinco submarinos da chamada missão *Paukenschlag*, ou *Drum Beat*, com ordens expressas do *Grand Admiral* Karl Doenitz, de atacar, em sua própria casa, os Estados Unidos, conforme instruções do próprio *Füehrer*, que liberou os ataques aos navios americanos.

Hitler e Doenitz acharam que ia ser moleza atacar a América, como a Alemanha tinha feito com a Polônia, invadida em 1939, o que originou a declaração de guerra dos Aliados. O *Füehrer* não tinha idéia do que estava fazendo em matéria de provocação quando começou a atirar contra navios americanos, em sua condição de neutros. No caso, a neutralidade não era, de fato, para valer, uma vez que os navios americanos viajavam lotados de mantimentos, armas e munições para descarregar, a domicílio, na Inglaterra, a aliada de sempre, uma ilha separada da França invadida, apenas pelo Canal da Mancha.

Ele nunca tinha ido aos Estados Unidos e nem conhecia Paris, quando passou pelo Arco do Triunfo com suas tropas invasoras, em 1940.

Apesar de seu poder absoluto, o líder nazista, que no século XX representou a encarnação do mal, era um provinciano pintor austríaco, que, na Primeira Guerra Mundial, não tinha ido além de cabo. O sobrenome de seu pai, Alois, era, até os 39 anos, aquele herdado da mãe, Maria Anna Shicklgruber, avó de Hitler. Esse sobrenome só mudou para Hitler, após o reconhecimento, tardio, da filiação por seu pai, aos 84 anos de idade. Portanto foi por pouco que Hitler não permaneceu Adolph Schicklgruber, nome inadequado para as concentrações de massa nazistas: "Heil Schicklgruber...".

Hitler não avaliava, portanto, de que seriam capazes os EUA quando concentrasse seu potencial de produção no esforço de guerra, embora fosse um tempo difícil na América.

A maioria de seus habitantes, até acontecer Pearl Harbour, desejava ficar de fora da briga, como defendia ardentemente Charles Lindberg. Aclamado como o maior herói de todos os tempos, após o seu vôo solo, em 1927, no monomotor *Spirit of Saint Louis*, de Nova York a Paris, em trinta e três horas e meia, ele andou visitando a Luftwaffe, e ficou amigo de Hermann Goering, o gordo e poderoso ministro da Aeronáutica nazista, ladrão de quadros raros, herói da aviação alemã da Primeira Guerra. A partir daí, voltando aos Estados Unidos, Lindberg passou a dissuadir os seus conterrâneos de entrar numa luta, que, para ele, estava perdida de antemão.

Mal viajado, Hitler conhecia somente os americanos que chegavam até ele. Por isso talvez não tenha levado em conta o fato de que o cidadão americano, sem grande sagacidade intelectual como indivíduo, é capaz de enormes proezas em todos os campos do conhecimento humano, funcionando como nação.

Acostumadas a não encontrar reação por parte dos adversários agredidos, as tripulações dos submarinos alemães escaladas para dar combate à América em sua própria casa, estavam felizes e contentes durante toda a viagem, contando piadas, dando risada e comendo bem.

Ao começarem os ataques, seus melhores prognósticos foram confirmados.

Na saída para a longa jornada, os marinheiros estavam embolados com as centenas de quilos de suprimentos posicionados em todos os lugares possíveis da embarcação, em baixo dos leitos, nos corredores, prateleiras, redes, casa de máquinas, cabine de comando, sanitários, e até nas reentrâncias dos torpedos, que deveriam ficar sempre livres.

A idéia era aproveitar ao máximo a oportunidade de levar víveres frescos na maior quantidade possível, numa viagem prevista para dez dias só para chegar ao lugar em que a missão estava programada, onde haveria o encontro com mais quatro submarinos do mesmo tipo.

A autonomia de um submarino é de 9 mil milhas, ou 16,6 mil quilômetros, podendo ficar em missão por mais de cem dias no mar, não sendo de estranhar que levasse quinze toneladas de mantimentos no início da viagem.

À medida que os dias iam passando e a carga se transformando em refeições, era preciso estabilizar de novo o submarino, para não afetar o seu equilíbrio. As porções servidas no início da viagem eram bem mais apetitosas, tinha até joelho de porco e salsicha fresca, tudo preparado numa cozinha de um metro e meio por sessenta centímetros, sem exaustor, é claro, pelo *Küchenbulle*, um esforçado bávaro chamado Schaefer, marinheiro de segunda classe, que começava a desvendar as artes da cozinha.

Naqueles primeiros dias a comida andava tão boa que Werner chegou a lembrar de um restaurante em Berlim, na Friederichstrasse, onde tinha almoçado com seu pai, logo que chegaram à Alemanha em 1938.

Após o devaneio, ele retorna à dura realidade: ao lado da cama de Werner balança um pernil de porco de bom tamanho. Na lateral do beliche, sacos de batata presos à sua cama, mais uma provisão de alho e cebola, perfumando o ambiente.

O consumo dos víveres não perecíveis era deixado para depois, quando o abastecimento de comida fresca já estivesse no fim. Hora em que o salame ficava todo verde, e o azinhavre tomava conta de tudo, até dos enlatados recém-abertos e da própria água potável de que o barco dispunha até o final da viagem, a menos que conseguisse fazer uma parada pelo caminho, o que não era nada fácil.

No início de sua primeira viagem de combate, caiu a ficha de Werner quanto à fria em que tinha se metido. Lá estava ele, tripulante de uma embarcação cuja missão é vagar pelas profundezas, numa existência precária para cinqüenta e quatro homens, todos alemães, menos ele, com a possibilidade de atacar e ser atacado a qualquer momento, o que tornava freqüentes os exercícios de prontidão.

Num final de tarde, deitado em seu beliche de suboficial, próximo ao setor de comando, Werner chacoalhava de um lado para o outro, acompanhando involuntariamente os vagalhões, de acordo com o balanço do mar.

Quando deitava, tinha apenas vinte centímetros de altura livre acima da sua cabeça, o que não o estimulava a abrir horizontes em seus devaneios.

Pensava no absurdo da situação de viajar com qualquer tempo, numa embarcação compacta como é o submarino, carregado de explosivos até a tampa, jogando em todas as direções quando açoitado pelo vento e por um mar encapelado, que pode ficar furioso em poucas horas.

O rumo, só o comandante sabia. O destino, vagar pelo oceano, para localizar e afundar navios indefesos, outros nem tanto, perfazendo distâncias continentais, sem escalas, a não ser ao encontrar os submarinos-tanques, para receber 96 toneladas de diesel, em alto mar.

Vantagens, apenas duas: submarino não afunda, quaisquer que sejam as condições do mar, a não ser quando atacado e atingido. Segunda: quando as condições de navegação na superfície do mar são terríveis, o mergulho resolve. Debaixo d'água há sempre uma bênção de serenidade.

Werner não desconfiava que estava se dirigindo a um país distante e poderoso, no qual veria, sem pagar passagem, nem desembarcar, o inigualável *skyline* de Nova York, Empire State Building, Rockefeller Center, e as luzes da Broadway.

Ia ser apresentado, sem prévio aviso, a um inimigo novo, despreparado para a guerra, que devia ser atacado, vencidos 7 mil quilômetros de distância, após o que os submarinos ainda teriam autonomia para mais duas semanas de ataque, conforme previa a operação *Paukenschlag*.

Mesmo antes de entrar em combate, a situação de Werner como tripulante de um submarino já era estressante. O próprio acompanhamento dos acontecimentos triviais ocorridos a bordo era uma façanha diária. Como a insuportável sucessão de vômitos de seus companheiros de bordo, descarregando refeições inteiras no chão metálico do submarino, após desistirem de permanecer na fila do banheiro, sempre coalhada de gente enjoada.

O próprio Werner não tinha essa frescura de enjoar, mas naquele ambiente fechado, com tantos cheiros acumulados, emanados de uma tripulação enlatada, o odor ácido do vômito que enchia o ar acabava por revirar o estômago de todo mundo, incluindo o dele.

O nojo de Werner aumentava quando ele lembrava que seu pai uma vez lhe disse que cheirar nada mais é do que captar nas suas narinas algumas minúsculas partículas sólidas do próprio objeto de onde provém o cheiro.

Outra informação prosaica, que Werner descobriu a duras penas, é que abaixo de trinta metros não é possível descarregar os resíduos do banheiro, caso contrário, a carga retorna. Acima desse nível é possível "disparar" a carga do toalete pelo tubo do torpedo, mas só para quem conhece os passos necessários para acionar a geringonça, na ordem certa. Com tanto risco na operação "limpeza de esgoto", não é de admirar que, estando bom o tempo, com o inimigo distante, os tripulantes tivessem o direito de apreciar a paisagem no convés, enquanto fazem as suas necessidades.

Descritas as agruras do brasileiro, é possível pensar que Werner tinha saído de Santa Catarina, Brasil, como voluntário, direto para o serviço de submarinos. Não foi bem assim que aconteceu. Ele de fato quis ir para a Marinha alemã, mas para ser tripulante de uma embarcação de superfície, não um submarino, no qual há 70% de probabilidades de não sair vivo da empreitada.

Werner tinha até alguma experiência no mar, embora insuficiente para a barra que agora enfrentava, após tantos passeios de veleiro que fizera com o pai, um timoneiro experiente, que chegou a tenente da Marinha no seu país de origem, antes de morar no Brasil, como responsável por uma empresa alemã em Blumenau, dentro de um parque industrial bem desenvolvido, que tinha cerca de 8 mil operários.

Como todos os empresários sediados no exterior, egressos das forças armadas alemãs, era provável que Günter Hoodhart – o pai de Werner – fosse espião. Tinha uma postura reservada, sempre de terno e gravata, barriga saliente de chope, calvície avançada, corrente de ouro do relógio atravessada sobre o ventre, charuto Dannemann entre os dedos. Sua mais provável missão seria a de enviar informações vitais para o comando dos submarinos alemães, como as datas das partidas e tipos dos navios que zarpavam dos portos do estado, cheio de produtos brasileiros.

Não foi apenas em Itajaí, Santa Catarina, que Günter, casado com uma brasileira filha de suíços, dona Priscila, ensinou ao menino os segredos da vela, e da boa levada de um barco no mar, em quaisquer condições de vento.

Também no lago Léman, na Suíça, um país eternamente neutro, os dois andaram velejando, sobre uma plácida superfície espelhada, que pode se tornar surpreendentemente agitada e perigosa conforme o vento, como os dois testemunharam nos poucos dias em que permaneceram por lá.

Nada comparável ao que Werner enfrentava agora em mar alto.

O passeio a Genebra aconteceu em sua primeira viagem à Europa, em 1938, para assistir à Copa do Mundo da França. Época de plena efervescência do nazismo na Alemanha, e do fascismo, regime político de uma Itália também fanatizada, que disputaria o bicampeonato mundial. Em matéria de futebol, o caricato líder político italiano da época, Benito Mussolini, era radical, "vencer ou morrer".

Da Suíça, antes de chegar à França, palco do Mundial, Günter fez questão de levar Werner para conhecer a Alemanha, visitando Berlim e Nuremberg, no auge dos desfiles nazistas e da adoração pelo *Füehrer*, que contaminava toda a população, não apenas redimida das trevas da República de Weimar – onde um dólar chegou a ser trocado por um bilhão de *Reichsmark* –, como pela recuperação do orgulho ferido na humilhante rendição da Alemanha, no final da Primeira Guerra Mundial, sob severas imposições políticas, militares, financeiras e geográficas, resultantes do Tratado de Versalhes.

Os desfiles organizados pelos nazistas, com o mar de capacetes de aço passando durante horas sob o seu nariz, mais os estandartes com a suástica, desenhados pelo próprio *Füehrer*, o passo de ganso, o som das bandas, os aplausos e gritos fanáticos da população civil empolgaram Werner, que não só sabia da existência da Juventude Hitlerista, pela sucursal da organização que havia em Blumenau, como se alistara nela.

Fazia parte de um grupo de rapazes louros e de olhos azuis, que organizava marchas militares pela cidade, ao som bem germânico de uma banda composta por eles mesmos, roupa marrom, camisa de manga comprida com a suástica no antebraço esquerdo, calça curta da mesma cor – já que os meninos naquele tempo não usavam calças compridas –, meias três quartos, cabelos rentes nas têmporas, corte número zero.

E, para forjar a temperança daqueles jovens brasileiros de Blumenau fanatizados pela suástica, era preciso fazer parte desse grupo de rapazes que corriam pelados pelos bosques da cidade, na madrugada gelada do rigoroso inverno local, entre outras provas de valentia e resistência.

Quando assistiu ao filme de Leni Riefenstahl, o *Triunfo da vontade* (Triumph des Willens) o entusiasmo de Werner chegou ao auge. Foi quando ele pediu ao pai para ficar desde logo na Alemanha – apesar de não ter completado os estudos na *Neue Deutsche Schule* (Nova Escola Alemã), de Blumenau, cujo diretor era o doutor Ludwig Sroka, chefe da Organização

Nacional Socialista dos professores das escolas alemãs de Santa Catarina.

Caso ele ficasse por lá, não teria dificuldade alguma com o idioma, já que falava e escrevia um alemão quase perfeito. Nem por isso sua permanência foi autorizada pelo pai. Günter temia que o filho, mais cedo ou mais tarde, fosse alistado para lutar na guerra que se aproximava, ainda mais sendo estrangeiro. Além disso, uma consulta em alemão feita por telegrama à mãe, dona Priscila Hoodhart, que estava em Blumenau, recebeu um NAO definitivo, sem til, com letras maiúsculas, como pediam os telegramas da época. Para não haver dúvidas quanto à sua autoridade, mesmo à distância, dona Priscila fez uma gracinha: além do NAO em letras maiúsculas, acrescentou, por extenso: "com til e tudo".

Retornando ao Brasil para completar os estudos, após a Copa de 38, Werner só foi se alistar mesmo em plena Guerra, quando completou dezenove anos, e não dependia mais da autorização do pai, que o havia emancipado.

Sua preferência pela Alemanha, que se tornara a grande potência da época, não era nenhuma surpresa para quem morava em Blumenau: 70% de população eram de origem germânica e quase todos evangélicos, luteranos.

Era uma comunidade tão ligada à pátria-mãe, que chegou a contratar, em 1938, o pastor Wilhem Scheerer, do Conselho Superior Eclesiástico Evangélico de Berlim, para morar lá. Esse religioso não tinha nenhum problema de ser entendido em alemão, nos seus sermões. O problema de idioma só começou a existir mais tarde, quando Getúlio Vargas proibiu, por decreto, que fossem faladas as línguas dos países inimigos na Segunda Guerra, ou seja, alemão, italiano e japonês.

A partir daí começou um inferno literal para aquele pregador da palavra de Deus que não sabia se comunicar em português. E mesmo que soubesse, os fiéis, habituados ao sermão em alemão, não entenderiam nada do que ele dissesse.

O prefeito da cidade chamava-se Albert Stein. Era do Partido Integralista de Plínio Salgado, os camisas-verdes, que pregavam um regime totalitário para o Brasil, um grupo de fanáticos que chegou a praticar um atentado contra o presidente Getúlio Vargas, que por pouco não o atingiu, em 1938, no Palácio Guanabara, Rio de Janeiro.

Não por acaso, uma concentração-monstro dos camisas-verdes aconteceu em Blumenau, em janeiro de 1938, após a implantação do Estado Novo de Vargas, no ano anterior.

Por todas essas razões e influências, estava claro que todos os caminhos levavam à Alemanha, *Heim ins Reich*. Foi quando pai e filho abriram o jornal da cidade que saía três vezes por semana, o *Blumenauer Zeitung*, para consultar datas e horários da partida de um barco que ia até Itajaí, de onde embarcariam no *Carl Hoepcke*, até Santos, daí para Hamburgo, rumo à Copa do Mundo de 1938, na França.

Mais alguns anos e muitas coisas iriam mudar para quem falava a língua dos inimigos do Brasil, quando Getúlio Vargas finalmente optou pelos aliados.

E, não foi apenas o idioma que precisou mudar de um dia para o outro em Blumenau. O alemão passou a ser falado baixinho, clandestino, só dentro de casa. Também não era permitido ouvir, em ondas curtas, as rádios alemãs que traziam as últimas notícias da guerra e a propaganda nazista.

Os nomes das ruas da cidade também precisaram ser trocados: de Gustavo Sallinger para Almirante Barroso; de Hermann Hering Sênior, para Floriano Peixoto; de Gottlieb Reif para Benjamim Constant; de travessa Krohberger, para Porto Alegre...

Capítulo 11

Ataque em Nova York

"O ataque de superfície só pode ser executado à noite, de curta distância."

"Então, estamos mesmo nos aproximando da costa leste dos Estados Unidos", disse Werner a seu colega Turek, puxando assunto com o responsável pela casa de máquinas, que gostava de espairecer próximo à sala de comando da embarcação e do rádio, funcionando dia e noite. A missão dele era talvez a mais pesada e a de maior responsabilidade dentre todas as tarefas que a tripulação executava, sem um minuto de descanso. Além de manter o motor rodando suavemente, a 200 rpm, sem parar, durante meses, enquanto durassem as cem toneladas de óleo diesel, até o reabastecimento em pleno mar, Turek tinha que usar a sua almotolia para lubrificar as partes móveis do motor, em especial as hastes dos cilindros, no seu vai e vem constante, para cima e para baixo.

Nas emergências, todo mundo achava natural que ele reparasse os danos e mantivesse o motor rodando, em quaisquer circunstâncias. E se uma válvula abrisse por acidente ou um rebite saltasse por excesso de pressão, era para Turek que todo mundo se virava com olhar suplicante, para que ele contornasse o perigo de algum jeito. Rápido, ele sempre conseguia resolver a questão.

Paradoxalmente, a casa de máquinas era um dos locais mais limpos do submarino: pelo regulamento, o encarregado por aquela seção não podia admitir vazamento de óleo, nem manchas no chão, ao contrário do que acontecia com os alojamentos, onde a tripulação repousava. Ali imperava uma bagunça sólida, sob o falso pretexto de que poderia ecoar, a qualquer momento, o repentino e assustador 'Alarm!' O pior é que agora não havia mais sessão de treinamento. A cada grito correspondia uma emergência de fato.

Em sua cabine, o comandante Herberger consultava um atlas colegial com o mapa colorido dos Estados Unidos, no lugar de uma carta náutica específica da costa americana, que ele não tivera tempo de requisitar, tamanha a velocidade do início da missão, logo após a declaração de guerra.

Em compensação, um detalhe de menor importância para a viagem, mas essencial para o moral dos homens não tinha sido esquecido: uma árvore de Natal fora colocada a bordo na última hora, e agora os marujos tinham todo o tempo do mundo para enfeitá-la, em sua viagem de mais de 6 mil quilômetros, embora a maior festa cristã ainda estivesse longe.

Herberger nunca tinha tido uma missão tão distante de sua base, sem apoio ou proteção possível, o que lhe dava um certo calafrio, que ele procurava disfarçar da rapaziada.

Em viagens tão longas, sem escalas, a higiene a bordo era precária, com dois banheiros servindo a toda a tripulação. Apareciam, então, as doenças de pele nos marujos, sendo comuns, urticária e piolhos.

Parece que não valeram as broncas de dona Priscila lá em Blumenau, mandando que o menino Werner arrumasse seu quarto logo ao acordar. Na viagem para os Estados Unidos, ele chegou a descobrir, sob os lençóis, uma cueca branca que sumira há uma semana, e que foi recuperada preta de sujeira.

Depois de navegar tanto tempo na superfície, sem necessidade de mergulhar uma só vez, os homens bronzeados pareciam estar de férias, com a escotilha sempre aberta e o convés da torre do submarino lotada de gente curtindo o sol.

"Até chegar à costa americana quero que vocês só atirem nos navios acima de 10 mil toneladas, porque nosso número de torpedos é limitado e estamos um pouco longe de casa para receber novos suprimentos, ah,ah,ah", disse Herberger, crente que a observação era engraçada.

A trinta milhas da costa dos EUA, começaram a tomar cuidado, afinal estavam em guerra com os americanos. Por prudência chegaram a Nova York no início da noite, com muito bom tempo. Ficaram todos em pé no convés, até mesmo Turek, que conseguiu licença especial do comandante Herberger para se ausentar da sala de máquinas, depois de desligar os dois motores.

A iluminação da maior cidade americana era forte, formava um halo em torno de Nova York, que superava em muitas vezes a altura dos seus prédios, bastante avantajados. Nenhum dos tripulantes jamais tinha visto algo parecido com um clarão daqueles.

Os prédios eram muito altos, "devem ter cem andares!", observou o cozinheiro Schaefer , bochechas vermelhas de emoção, acrescentando: "a comida de lá deve ser uma beleza!". Em pé, sobre o convés, de binóculo emprestado, Morlock, o telegrafista-chefe, também teve seu momento de glória turística, identificando o Chrysler Building, e o Empire State, que conhecia pelo cartão postal enviado por seu melhor amigo, da sua idade, que sabiamente deixou a Alemanha com a família, quando começou a perseguição aos judeus.

O comandante Herberger perguntou se alguém conhecia os Estados Unidos. A resposta foi o silêncio de todos. Nem ele próprio conhecia Nova York, o que não o impediu de se exibir para os marujos, apontando para as luzinhas da Brooklyn Bridge, Coney

Island e Broadway, destaques que também conhecia por cartão postal, além de um folheto com os pontos de atração turística da cidade, que havia trazido para se orientar.

Da excitação à ação, Herberger murmurou: "acabaram as férias". Em seguida, deu o brado de "a seus postos! – *Auf Gefechtsstand!* – Acender luzes vermelhas de iluminação interna!".

O submarino inteiro ficou com um ar solene e um tanto lúgubre, pelo tom vermelho que tornava a visão turva, mas cuja luz não se propagava para fora da torre da embarcação.

Ficaram na ponte de comando apenas os oficiais encarregados do reconhecimento e das ordens de combate. O mar era de almirante, o céu cheio de estrelas.

O Comandante parecia não acreditar no que via. Virando-se para o *Fregattenkapitän* Walter, perguntou, na base da gozação: "será que eles foram avisados de que estão em guerra?". Em seguida, armou a estratégia: "daqui a pouco, muitos navios devem estar saindo desprevenidos do porto, levando suprimentos para a Inglaterra, crentes que não têm inimigos por perto. Vamos interceptá-los no susto, mas de uma maneira simples, localizando-os pelo contraste da sua silhueta contra as luzes da cidade. Depois é só atacar. E se compararmos o perfil das embarcações, vistas a olho nu, com as reproduções que temos aqui, fica fácil saber a tonelagem dos navios em nossa mira".

"Declaro inaugurada a operação *Paukenschlag*, cumprindo ordens do almirante Karl Doenitz", disse um Herberger solene, pelos alto-falantes. "E dentro do prazo, apesar da distância percorrida." Em seguida, o comandante vira o boné branco de oficial para trás, para poder encostar o rosto no visor do periscópio, ao submergir.

Com o coração batendo forte e acelerado, Werner percebeu então que não tinha mais jeito. Ia entrar mesmo em combate, dali a poucos minutos.

As condições encontradas para a ação na costa americana eram iguais às do tempo de paz entre as duas nações. "A santa ingenuidade americana", conforme observou o comandante.

Não havia blecaute na costa leste dos EUA, e as cidades eram visíveis e identificáveis pelos seus clarões. As luzes dos faróis e bóias marítimas continuavam brilhando, talvez com menor intensidade, ajudando bastante a orientação dos submarinos. Também os faróis de automóveis eram vistos na costa. Os navios utilizavam as rotas de costume e alguns tinham suas luzes acesas como árvores de Natal.

Apesar das quatro semanas decorridas desde a declaração de Guerra, as poucas medidas de defesa eram frágeis. Havia por exemplo alguns destróieres isolados, que perfaziam as rotas conhecidas dos tempos de paz, sem se desviar delas. Os marinheiros alemães chegaram até a fazer uma previsível tabela, com os horários em que aqueles navios de guerra passariam. Ao descobrir a presença de submarinos inimigos, os colegas norte-americanos lançariam as poucas bombas de profundidade disponíveis. Nem sabiam que precisavam perseverar, para ter algum êxito. Desistiam logo da perseguição, apesar das águas rasas, favoráveis à caça aos inimigos.

Os navios mercantes seguiam com suas chamadas no rádio sem nenhuma restrição, indicando posições.

À noite era ainda mais fácil, os comandantes da marinha mercante pareciam desconhecer que submarinos atacavam com grande proficiência, especialmente no escuro.

Werner tentava se mover com rapidez dentro da embarcação, buscando reagir aos comandos em fração de segundos. Constatou que seu barco estava ainda mais atulhado de coisas do que ele tinha percebido na partida, deixando só um filete de passagem entre as cargas estocadas por todo canto. Só dava mesmo para andar em ziguezague.

Os tripulantes, na ânsia de colaborar para que a viagem longa tivesse sucesso, foram mais realistas que o rei, alojando, além de toda a munição de explosivos e munição fresca de boca – para oito semanas –, volumosas peças sobressalentes, o que praticamente impedia que alguém conseguisse espaço para sentar na proa ou na popa. Sacrificaram até quantidades de água potável, substituídas por volumes extras de óleo diesel.

Enquanto não chegava a hora de lançar o primeiro torpedo, Werner consultava, para se acalmar, o *Manual do comandante de U-Boat*, Seção III, parágrafo 195: "O ataque de superfície só pode ser executado à noite, de curta distância, e pegando o inimigo de surpresa. A distância mínima para um ataque noturno é de trezentos metros".

De repente percebeu que todo mundo a bordo estava em silêncio. Foi quando o comandante mandou a ordem lá da torre, em voz baixa, porém firme, de um jeito diferente de tudo que tinha sido dito nos treinamentos, pela primeira vez usando gíria de combate: *Achtung*! Preparem as duas "enguias": "Número um, fogo! Número dois, fogo!". "Agora é para valer", pensou Werner.

A expressão séria e atenta de Walter, olhando fixamente para o cronômetro, a fim de acompanhar o tempo de percurso dos dois torpedos, também era inédita: dois, três..., quinze..., vinte..., vinte e cinco segundos.

Em sucessão, seguem-se dois rugidos secos e surdos, muito altos, como se fosse o barulho amplificado de lona grossa rasgando. Ou como se um edifício tivesse sido implodido, levantado repuxos de água da altura de cinco andares.

Um tiro foi bem no meio do cargueiro, que rola como cadeira de balanço. O outro torpedo bate na região da proa, levantando uma onda de choque que faz estremecer até o submarino agressor, dando origem a uma rajada de vento quente das explosões, com cheiro de pólvora, enxofre e óleo diesel queimado. De repente eram dois vulcões em erupção, como fogos de artifício gigantes, com as cores verde, amarela e vermelha refletindo no casco do submarino.

Atirados para o alto, centenas de estilhaços quase brancos de tão quentes caem como aqueles foguetes sinalizadores usados em emergência, deixando rastro de cometa. Nenhuma chance para a embarcação inimiga, que afunda de popa. Seus tripulantes, pelo jeito, não estavam usando nem mesmo coletes salva-vidas, o que reduzia, em muito, a perspectiva de salvamento para aqueles pobres heróis da marinha mercante apanhados totalmente de surpresa.

Eles não pareciam ser muitos, pelas características do cargueiro afundado. Quem sabe alguns tenham conseguido se salvar.

Mas o *U-66* cumpriu a rigorosa ordem de Doenitz de não recolher sobreviventes, dada após um submarino alemão ter sido afundado por um avião americano, ao tentar resgatar, no Atlântico Sul, a tripulação de um navio que pusera a pique.

O impacto no navio atingido foi tão violento, e a confusão que se criou a bordo tão grande, que o capitão Herberger mandou, com toda a calma, recolocar torpedos nos tubos. Deu tempo até de levantar no mastro das bandeiras, a tradicional flâmula com um navio desenhado, representando o primeiro sucesso da missão. Uma surpresa trazida de casa, que o comandante guardara para a hora certa. Só então deu ordem para submergir, apenas como medida preventiva, já que não havia risco imediato à vista.

Com cuidado, Herberger comandou a operação descida, afundando num ângulo forte, de cinqüenta graus, dando um frio na barriga dos tripulantes de primeira viagem. Aos poucos, o bip-bip progressivo do sonar, que na época chamava Asdic, foi indicando o fundo que se aproxima. A embarcação continuou afundando, agora suavemente, até que se ajeitou no lodo. Antes de assentar por completo, deu dois trancos, correspondentes aos choques da proa, e depois da popa, contra o fundo macio do mar.

Segue-se um momento de paz e também de orgulho e tristeza, tudo misturado, apesar da sensação de dever cumprido no batismo de fogo. Um jantar bem cuidado e tranqüilo, quase elegante, a sessenta metros de profundidade, ao largo de Nova York, com Schaefer caprichando na carne de porco com repolho e batatas. E, pela primeira vez na viagem, uma sopa de aspargos não balançava de um lado para outro no prato fundo. Naquela calmaria teve até pêssego em calda de sobremesa, e café. Em raro momento de euforia, o comandante mandou servir um gole de conhaque para cada um.

Foi uma noite em que todo mundo esqueceu das roupas sempre meladas de umidade, e das ondas tão altas, que fazem o submarino virar montanha-russa, ao descer pelo tobogã criado pelo balanço do mar, numa sensação que nunca tem fim, porque logo vem outra, outra, e mais outra, com ventos de 50 milhas/hora.

Agora não, acabaram os ruídos, ordens, gritos e movimentos nas águas territoriais norte-americanas, aparentemente indefesas.

Apesar disso, os tripulantes têm dificuldade de entender o que os outros dizem, depois de tantos dias no mar, sem sair de dentro da embarcação. Tinham a audição prejudicada, pelo som monótono, contínuo, e grave, do funcionamento dos motores diesel, somados às explosões, e a todos os ruídos de combate que suas mentes tinham assimilado.

De madrugada, o rádio foi ligado para ouvir as notícias enviadas pelo alto-comando da Marinha alemã.

Depois de algumas horas de espera, preenchidas por muitos hinos de guerra, o submarino inteiro soltou um grito agudo de vitória, parecido com a comemoração de um gol: a rádio oficial confirmou o sucesso da primeira missão, juntamente com as informações sobre os navios afundados pelos outros quatro submarinos da operação *Paukenschlag*. Todo mundo comemorou de novo.

Mas os cheiros que penetraram pela torre do submarino, na hora do ataque, vindos do navio atingido, ainda estavam presentes nas narinas de Werner. "Acho que estávamos perto demais do alvo", pensou ele. "Mas é assim que está certo. O *Manual* manda atacar na menor distância possível, sem colocar em risco a própria embarcação", convenceu-se.

Era uma mistura de cheiros de rara heterogeneidade: pólvora, enxofre, lenha queimada, churrasco, tudo misturado... "Será que o navio afundado levava carne verde para os ingleses?", pensou Werner.

Ao todo o *U-66* afundou cinco navios, antes de pegar a reta para a Alemanha. Três eram navios-tanque, com direito a um espetáculo pirotécnico cinco vezes mais colorido e com muito mais calor irradiado ao ser atingido, do que acontece com uma embarcação levando apenas carga seca.

Na viagem de retorno, a música mais cantada foi *For he is a jolly good fellow*, com toda a força dos pulmões. Werner ficou imaginando se não era meio esquisito cantar a música favorita dos marujos ingleses, inimigos mortais na Guerra.

O retorno não teve novidades, em pouco mais dez dias estavam atracando no porto de Hamburgo.

Na chegada, jovens louras de vestido branco bordado à mão, entregaram flores a cada tripulante, numa recepção festiva, que tomou todo o cais. Elas tinham o rosto vermelho de emoção, com um sorriso de aprovação e doçura, reservado apenas aos heróis da pátria. Uma delas, mais assanhada, chegou a dar um "selinho" nos lábios de Morlock, para surpresa e deleite do telegrafista. Em seguida, a menina quase desmaiou de vergonha, ao se dar conta da ousadia de seu gesto tão patriótico e público, naqueles tempos pudicos.

Foi salva pela banda de música, que começou a tocar, como se não existissem hinos alemães, uma marcha que fazia parte do seu repertório: *Stars and stripes forever*, de John Philip Souza, um americano que, pelo sobrenome, devia ter sangue português.

Na festa de recepção teve de tudo, menos queima de fogos de artifício, o que não seria de bom tom, para homens que regressavam de uma missão de guerra, em que não faltaram explosões e foguetório, de verdade.

Para encerrar a cerimônia, condecorações, entregues pelo próprio Doenitz.

Era o momento mais solene de todos. Um silêncio total, a não ser pelo bater do calcanhar das botas dos oficiais prestando continência, e das solas marcando passo contra o cimento do cais.

Cada tripulante dava dois passos à frente, apertando a mão do chefe maior, recebendo um cumprimento afável de Doenitz, olhos nos olhos. Até que recuava para a formação militar. Apesar das altas esferas em que andava, com acesso direto a Hitler, como bem-sucedido comandante geral do Corpo de Submarinos, o almirante conhecia pelo nome muitos dos membros da tripulação.

Seu olhar forte e determinado impressionou muito a Werner, no *tête à tête* de alguns segundos que manteve com o almirante. Um olhar firme, que não combinava com a sua voz fina e abafada, ao discursar. Foi o seu primeiro e único encontro pessoal com o legendário Doenitz.

O comandante Herberger recebeu a sua cruz de ferro – *Eisernes Kreuz* – das mãos do grande almirante. Era a mais alta condecoração da Guerra do lado alemão. Na contabilidade dos submarinos, correspondia a, pelo menos, 100 mil toneladas de navios afundados.

Naquele mês de janeiro de 1942, em que Werner conheceu Nova York, de longe, foram afundados, sem reação, na costa americana, 62 navios, totalizando mais de 300 mil toneladas de carga.

No total da operação, com doze submarinos envolvidos, em seis meses, foram afundados 495 navios, com 5 mil vidas perdidas, uma das maiores perdas sofridas pelos Estados Unidos em todas as batalhas em que se envolveu, e não foram poucas.

Como todos os navios saíam dos Estados Unidos com cargas vitais para a Europa, o prejuízo foi assustador. Quase pôs a perder a heróica resistência da Inglaterra, a futura invasão da Normandia, e a própria Guerra, quando 2 milhões de toneladas de carga não chegaram lá.

Na Marinha americana, o comandante White era o responsável pela defesa de seu litoral. Andava com um vistoso Pontiac de luxo, branco, combinando com a cor do seu uniforme de almirante, sempre conduzido por um marinheiro servindo de motorista. Embarcado, era pouco encontrado. Um tipo careca, de pescoço comprido, pretensioso, que detestava a Inglaterra, especialmente o Serviço de Informações britânico. Por isso mesmo não prestou atenção aos avisos enviados de Londres, pelo rádio, sobre a força de submarinos inimigos que se dirigia aos Estados Unidos, com todos os detalhes de como seriam os ataques.

Utilizando essas mesmas informações, os canadenses repeliram as tentativas dos alemães de chegar ao porto de Halifax. Não tendo oportunidade de atacar com segurança, os submarinos que tinham a missão de interceptar navios no Canadá saíram dali, e foram reforçar o contingente que aterrorizava o litoral americano.

Embora pouco conhecida, a derrota infligida pelos alemães na operação *Paukenschlag* foi mais grave que o ataque dos japoneses a Pearl Harbour, excluindo o inigualável efeito moral deste.

Mas, na época, ninguém se deu ao trabalho de repercutir os fatos, nem comparar as tonelagens afundadas: Afinal, embora a Guerra já tivesse sido declarada há algum tempo, os americanos pareciam ignorar esse fato.

Depois de assistir, quase sem reação, durante meses, aos ataques contra os indefesos navios que partiam dos Estados Unidos, o comandante White resolveu dar uma ordem importante: a de diminuir a intensidade das luzes externas das cidades na costa americana, mas sem estabelecer critérios.

Para os submarinos alemães, os alvos continuaram fáceis de avistar à noite, em contraste com as luzes das cidades, agora apenas um pouco menos brilhantes.

Capítulo 12

Folga em Paris

"Uma condição desfavorável para atacar é quando o mar está liso como óleo. Nesse caso, mesmo uma ondulação mínima, como a ocasionada por um periscópio recolhido, é facilmente observável pelo inimigo."

"Chegado da mais longa viagem, deixei a monumental garagem de Saint-Nazaire com minhas narinas ainda impregnadas por aquela atmosfera malcheirosa do submarino, apesar de ter despejado litros de água-de-colônia 4711 não apenas no lenço e na face, mas também na cabeça, de mão aberta. Respirei fundo, uma vez, duas, para ver se trocava aquele odor agressivo da guerra pela suave fragrância do jasmim, que vinha de um jardim ao lado da garagem-gigante de submarinos, já na direção da estrada para Nantes", recordou Werner.

"Apesar do conforto de sentir um aroma digno de ser respirado, não conseguia livrar o meu aparelho respiratório dos microorganismos que se incorporaram a mim, nas dezenas e dezenas de horas que passei naquele ataúde metálico chamado submarino, onde pereciam uma enormidade de companheiros alistados em outras embarcações, o que em mim virava pânico, ainda mais ao lembrar que deveria entrar de novo em ação.

As transmissões de radio vindas de submarinos atingidos, iguais aos nossos, ecoavam no meu ouvido, com a respectiva sonoplastia completa, onde não faltavam gritos de desespero interrompidos bruscamente, quando a água do mar começava a entrar aos borbotões, sem defesa para os tripulantes. Eu acompanhava com os ouvidos e a imaginação a situação em que aquele determinado grupo se encontrava, ouvia relatos desesperados, e me imaginava no lugar deles, pensando como seria o meu comportamento se essa hora chegasse também, com certeza, para mim. Uma situação em que viver ou morrer depende apenas da vertical em que a bomba de profundidade vai para o fundo: alguns poucos metros mais para a direita ou para a esquerda na hora de lançar o explosivo, em busca de um alvo que somos nós, eis a diferença entre viver ou morrer, para toda uma tripulação. Ou entre comemorar, ou apenas tentar de novo, para o pessoal dos destróieres."

"E a sorte dos *U-Boote* depende também da forma como o submarino é atingido. Na maioria dos casos, os tripulantes não têm nenhuma oportunidade de escapar, solidários com a sua embarcação até as profundezas do oceano."

"Em 1940, nossos submarinos eram a maior preocupação de Churchill, quando os navios que saíam dos Estados Unidos não chegavam à Inglaterra, numa verdadeira carnificina, com centenas deles postos a pique, sem oposição nem resistência. Mas a partir do momento em que americanos e ingleses adotaram o sistema de comboios, com proteção aérea, mais o tal do radar, que o comando alemão não levou a sério, a coisa mudou. Ainda por cima desvendaram o nosso inextricável código Enigma. Agora quem vai a pique, às dezenas, somos nós", prossegue Werner.

"O pesadelo recorrente de toda a tripulação embarcada era um devastador e apavorante vazamento, estourando válvulas e rebites, até invadir tudo, num vórtice gigante, nítido em nossa imaginação, nos mínimos detalhes, e sempre presente na nossa pior expectativa, quando vinha a informação de mais um caso de submarino perdido."

"A água entrava tanto pela torre destruída por um bombardeiro, como por um furo no casco interno, rompido pela explosão de uma bomba de profundidade detonada a curta distância. Eram essas as desalentadoras alternativas que sobravam para nós, levando a uma morte rápida e violenta, a única disponível no momento."

"Depois de tanto pensamento negativo que a religião budista recomenda evitar, conforme me ensinou um colega da Marinha japonesa com quem estagiei, decidi reagir, levantar a cabeça e olhar firme para o Atlântico Norte escancarado à minha frente, o mesmo oceano que chega até Itajaí, do lado da minha terra, no Hemisfério Sul. Logo lembrei de lá, dos passeios de veleiro com o pai. Concluí, para mim mesmo, criando uma frase, que, nas circunstâncias, achei até inteligente: 'mar do Brasil, cara de verão, até no inverno. Mar da Europa, cara de inverno, até no verão'."

"E onde já se viu gente desse jeito, andando na praia de suéter, como aqui na Bretanha? No Rio, quando a temperatura chega a 21 graus, no 'inverno' carioca, a praia já fica vazia", reflete Werner.

"De repente senti que, a partir dali, precisava fazer alguma coisa ao ar livre, me deslocar, andar bastante, usufruir tudo que pudesse, agora que estava fora do submarino, longe da sensação de claustrofobia, enjôo e falta de ar, apenas dando um passeio."

"Passou então pela minha cabeça desertar. Mas, que pensamento é esse, de um suboficial como eu, do corpo de elite dos submarinos alemães, em pleno triunfo na batalha do Atlântico Norte, tendo participado da missão que acabara com a frota mercante norte-americana? Isso, nem pensar."

"Imagine o que o nosso comandante pensaria de mim quando soubesse. E meu pai, o que acharia o velho Günter, sempre tão orgulhoso do filho, a defender a pátria dele na Guerra, como voluntário, apesar de ter passaporte e carteira de identidade de cidadão brasileiro?"

"Passado o flash da deserção, parti célere em busca de um carro para viajar, antes que o pensamento recorrente me atormentasse de novo."

"Não foi nada difícil descobrir um motorista que me levasse a Nantes por um preço razoável. Havia muita gente querendo transportar oficiais alemães França adentro. Nós, que tínhamos fama de pagar bem, embora não fôssemos muito simpáticos à população local, como invasores da terra."

"De certo nos consideram uns bárbaros do século XX, apesar de nos esmerarmos sempre no trato com os invadidos, que felizmente continuam produzindo suas centenas de queijos finos e milhares de marcas de vinho, agora compartilhados conosco."

"Não que a gente ganhasse um soldo de esbanjar. O dinheiro acumulava, só porque não havia como gastar num submarino que ficava em missão durante meses contínuos, graças às 'vacas leiteiras', submarinos-tanques que nos abasteciam no mar alto, em qualquer lugar em que estivéssemos operando. Menos na operação *Paukenschlag*, nos Estados Unidos, onde estávamos nós e Deus, e não havia a quem recorrer naquelas lonjuras. A menos que a gente parasse em Coney Island, para procurar um mecânico, numa emergência. Pelo despreparo dos americanos para a Guerra, uma hipótese meio brincalhona como essa podia até ter dado certo. Mas não num desembarque que aconteceu de verdade, em Nova Jersey, no primeiro ano da Guerra, quando quatro espiões nazistas foram desembarcados de um submarino para realizar ações de sabotagem em território americano. Não chegaram a causar nenhum estrago, nem duraram muito. Foram apanhados e fuzilados", recorda Werner.

"Para os tripulantes do submarino o dinheiro sobrava, porque ali não havia consumo pago. Nem era permitido apostar nos jogos de baralho, que às vezes duravam dias. Portanto, o dinheiro dos marujos ficava intacto, até o final da viagem, o que os transformava em bons partidos junto às moças locais vivendo numa economia de guerra."

"Com esses pensamentos, nem percebi que chegáramos a Nantes, ao anoitecer. Mandei o motorista rodar pela avenida principal, cheia de estudantes felizes, dando risada e agitando os vários bares da cidade. Vindo das profundezas do oceano, eu acreditava que aquelas cenas de alegria pura nem existiam mais", recorda Werner.

"Nantes nem parecia uma cidade invadida, a não ser por alguns soldados à porta dos prédios públicos, requisitados pelo comando nazista de ocupação."

"Achei a iluminação mais fraca do que esperava, eu que precisava de uma apoteose de cores, luzes e asfalto, para me livrar da idéia fixa daquele balanço permanente e infernal, de enlouquecer quando a viagem durava mais de um mês, da luz mortiça vermelha na hora do ataque, das apavorantes bombas de profundidade lançadas pelos inimigos dispostos a nos tirar a vida, do barulho estridente do Asdic ressonando no fundo, 'quinch, quinch, quinch', do mar encapelado, chacoalhando a embarcação em todas as direções, a ponto de impedir a preparação de alimentos – dias de comer sanduíches frios –, ou a essencial ida ao banheiro, às vezes por longo tempo."

"O balanço não incomodava tanto quando vinha de frente, embora a sensação das ondas frontais durante as tormentas fosse de uma montanha russa, num mergulho sem fim, seguido de uma subida íngreme por sobre as ondas, que provocava, uma intensa vibração na embarcação inteira. Em seguida, onda abaixo, onda acima, onda abaixo, por dias e dias."

"O movimento de lado do submarino é ainda mais desesperador, quando a embarcação inteira vira uma gangorra enlouquecida. O que obriga a marujada a se amarrar nas macas, rosto quase grudado nas nervuras de aço da estrutura, sem espaço para se defender dos solavancos, um atrás do outro."

"Nesta situação eu lembrava de uma vez em que tinha ido a um parque de diversões lá na minha terra", lembra Werner. "Era o único freguês de uma máquina de tortura (e diversão) chamada chapéu mexicano, uma geringonça que girava em torno do seu eixo enquanto se deslocava em movimento circular mais amplo, com velocidade variável. Eu me encontrava nessa situação embaraçosa, rezando para que o tempo acabasse logo, quando Günter Filho, meu irmão mais velho, deu uma grana para o operador não parar o brinquedo, deixando-o rodar. Quando percebi o que ocorria, quase entrei em convulsão. Soltei então um grito agudo de desespero, após umas 25 voltas, ao me convencer de que o giro não ia cessar.

O berro deve ter sido convincente, porque o operador assustou, e parou a máquina em seguida. Meu irmão saiu esbaforido, antes que eu descesse do brinquedo. Livrou-se de boas porradas, embora fosse mais forte que eu."

"Num mar daqueles, a sensação era pior. Não havia ninguém a recorrer para interromper a brincadeira."

"Com um mar tenebroso não é possível torpedear ninguém, mas também não há o perigo de levar uma bomba de profundidade que vem lá da superfície para nos destruir, mesmo a duzentos metros de profundidade", pontifica Werner.

"Quem não agüentava, e começava a vomitar, chegava ao fundo do estômago ainda com ânsia. Então continuava nos espasmos, boca aberta, babando, olhos vidrados, quando já não havia nada mais para despejar, nem mesmo a bile verde, que também já tinha ido."

"Foi com esse desagradável pensamento na minha cabeça que chegamos a Angers. Passamos ainda por Tours, direto, e Orléans, com uma parada para ir ao banheiro e conhecer a cidade libertada por Joana D'Arc. Em sua armadura branca ela levou os franceses à vitória na batalha de Orléans, libertando a França dos ingleses."

"Olhando para o rio Loire, famoso pelos castelos às suas margens, pensei na heroína queimada viva na fogueira da Inquisição, em 1431, com dezenove anos, e fiquei feliz ao pensar que pelo menos naquele episódio da Guerra dos Cem Anos, a Alemanha não se meteu. Nem existia como nação, até 1871" pensa Werner, esbanjando conhecimento.

"Convidei Pierre a sentar à mesa comigo para curtir a vista e tomar um vinho branco da região, ao que ele gentilmente recusou, enquanto tirava da cabeça o seu casquete quadriculado marrom, em sinal de respeito. Suas calças eram do mesmo pano, uma espécie de bombachas, o que lhe dava um certo ar de cavalheiro abastado, recém saído de uma cavalgada, com sua camisa de flanela vermelha, de mangas compridas."

"Natural que ele não queira sentar, pensei. Imagine se encontra um amigo que o percebe enturmado com um oficial nazista, fardado. Fardado? Sim, agora me dei conta. Minha idéia tinha sido a de vestir um uniforme decente, de que pudesse me orgulhar, embora ainda não ostentasse no peito a cruz de ferro, maior condecoração alemã, sinônimo de coragem, que, no meu entender, já estava até por merecer. Deve até haver uma condecoração me esperando em Hamburgo, quando do regresso para a Alemanha, depois do sucesso da operação norte-americana."

"Eu bem que merecia uma roupa bem alinhada", prossegue Werner, "depois de andar maltrapilho e sujo durante tanto tempo, naquela atmosfera nauseabunda do submarino, um termo esquisito da língua portuguesa, mas que no caso se aplica inteiramente, até pela onomatopéia. Portanto, havia só duas hipóteses, calça de veludo ou bunda de fora, de farda, ou maltrapilho. Optei pelo traje militar, à falta de melhor opção para o passeio."

"Comecei então a flanar por Orléans, e acabei me sentando naquele bar à beira do Loire, onde passou pela minha cabeça até mesmo dar umas paqueradas nas menininhas locais, de bochechas vermelhas e seios fartos. Com isso, nem notei que as mesas ao lado da minha foram se esvaziando, e que o garçom, tão brincalhão ao atender turistas, tinha ficado soturno."

"Será que ele não distinguiu que sou do Corpo de Submarinos, uma raça única e sacrificada, que não maltrata ninguém, e que coloca a própria vida em risco todo dia? É um verdadeiro exemplo a destacar entre as forças alemães empenhadas na Guerra. Nada a ver com o exército, muito menos com a SS ou com a Gestapo, que a turma de submarinos odeia, incluindo o nosso chefe, o grande almirante Doenitz, desconfio".

"Como se fosse possível que o povo francês soubesse distinguir entre os bons e os maus invasores de sua terra", reflete Werner.

"Terminado o vinho, como único cliente de um bar que quando cheguei estava cheio, retornei ao carro, acabrunhado. Indiquei ao Pierre, num francês sofrível, misturado com um ininteligível português, que meu destino era a cidade-luz, cosmopolita, onde certamente estaria me esperando o banho de civilização de que eu precisava e ainda não tinha encontrado."

"Ao descobrir que o nosso rumo seria seguir em frente, em vez de regressar à base, Pierre, o piloto do Citröen, pintado de preto, com câmbio no painel, fez uma careta esquisita. Craque do volante, não 'arranhava' nunca na troca de marchas, mesmo com o câmbio sem sincronização, o que o obrigava a praticar a dupla embreagem a toda hora, coisa que ele fazia muito bem, sem perceber."

"O receio de Pierre era simples: em primeiro lugar ele achava que estava trajado mais para a caça à raposa do que para uma visita à capital da França. Além disso, não tinha muito conhecimento das ruas de Paris, e, principalmente, tinha medo da polícia do exército, que prendia todo mundo por qualquer razão, principalmente se fosse judeu."

"O que me levou a perguntar se ele era judeu, tentando lhe explicar que, andando com um suboficial alemão, ninguém iria colocar as mãos nele. Respondeu que não, apenas fizera circuncisão ao nascer, por sugestão do obstetra da sua mãe. Por isso tinha medo de precisar se explicar, despido, na situação constrangedora de um hipotético interrogatório que tanto temia, onde quer que fosse."

"Fiquei admirado com o conhecimento dele sobre a perseguição racial nazista, vinda de uma pessoa simples. Depois achei ridículo o meu pensamento, sem me dar conta de que o fato de cada judeu nos territórios invadidos e na Alemanha terem uma estrela amarela no peito, era uma maneira pouco discreta com que Hitler tratava do assunto, tendo em vista a atenção de toda a humanidade – embora sem reação – para os indícios do que estava ocorrendo na Alemanha."

"Numa espécie de recapitulação dos fatos, tentando suprir os intervalos em que fiquei no fundo do mar sem notícias da terra firme, a não ser pelas ordens do alto-comando, lembrei-me de um folheto tratando do ódio aos judeus que caíra às minhas mãos em Berlim. Era tudo que eu sabia sobre o assunto, naquele ano de 1942 em que me dera ao luxo de respirar o ar puro na Bretanha, uma das regiões mais bonitas da França."

"Mal sabia das dimensões que havia tomado a 'solução final' de extermínio dos judeus. Nem tinha a informação, que só receberia ao final da Guerra, de que havia várias cores de estrelas de uso obrigatório, no peito de gente de outras raças, crenças, condições físicas e opções de vida, menos divulgadas do que aquelas destinadas aos judeus, que estariam sempre nos livros, graças à sua predominância no comando da mídia em geral, e no cinema, jamais deixando arrefecer a lembrança dos crimes nazistas."

"Embora o assunto do Holocausto concentre o foco das atenções sobre o genocídio nazista, houve também o massacre de 600 mil homossexuais e 500 mil ciganos, fatos bem menos abordados pela ampla literatura que trata dos fatos da época", completa Werner.

"Portanto, na Alemanha nazista, outras categorias de indivíduos precisavam usar também uma identificação, como os judeus ostentavam a estrela de David, amarela. Aos gays correspondia um triângulo rosa, a dos judeus gays – considerado o ponto mais baixo da escala das indignidades no regime nazista –, um triângulo rosa sobreposto à estrela de David amarela. O triângulo verde indicava um criminoso comum. O vermelho era destinado aos prisioneiros políticos, o preto a comportamentos anti-sociais, como feminismo, lesbianismo, prostituição, e mesmo para mulheres que se revoltavam com os trabalhos manuais e afazeres domésticos que os nazistas consideravam mais adequados a si mesmas."

"Cansado de ficar esmiuçando as questões da guerra, abri o vidro do carro e coloquei a cabeça para fora da janela, para refrescar. Inspirei profundamente o ar do campo, que entrava nos meus pulmões como se fosse oxigênio puro, distinguindo cada aroma exalado, cada flor que emanava um perfume, como o da lavanda, que eu acabara de inspirar. Um ato banal, que eu jamais lembraria de fazer num passeio normal, antes da guerra", convence-se Werner.

"Quando o carro finalmente chegou a Paris, tive um sentimento de vergonha misturado com orgulho. Pensar que a cidade cultural mais importante do mundo, berço do iluminismo, agora estava ocupada pelos alemães. Por outro lado, depois da humilhação do Tratado de Versalhes, em 1918, era gratificante para um alemão, mesmo brasileiro, ser contemporâneo deste fato histórico, com Hitler desfilando suas tropas pelo Arco do Triunfo, sem deixar de respeitar a mão de direção, na Étoile."

"Por outro lado, não me fazia bem ver Paris cheia de colegas de farda, jantando nos lugares mais chiques e sofisticados, consumindo mulheres peladas na Place Pigalle, aproveitando a tradição de excelência da cozinha francesa, e das boas safras de vinhos."

"Também me incomodava o excesso de bandeiras vermelhas na capital francesa, com a soturna suástica em preto dentro de um círculo branco."

"Estranho, senti vontade de fazer a saudação nazista de braço bem esticado, ao vislumbrar tanta bandeira desfraldada, como reflexo condicionado dos desfiles de Nuremberg."

"Foi num devaneio que pensei no absurdo de existir uma saudação militar que só pode ser usada onde há espaço em torno. Refleti sobre a praticidade da continência, empregada nos demais exércitos, que não ocupa espaço. E, a partir dos telejornais alemães, que assisti nas reuniões da Marinha, percebi que Hitler, sempre cercado de muita gente, talvez não tivesse espaço para o gesto de braço esticado do nacional-socialismo. Pode ser isso. Ou, quem sabe, já estivesse com preguiça de tanta saudação com o braço estendido, o que devia acabar por engrossar o lado direito, em detrimento do esquerdo, como acontece com os tenistas, os destros, é claro. De uns tempos para cá, Hitler fazia uma espécie de meia saudação, com o antebraço para cima, formando um ângulo de noventa graus com o braço, mão quebrada para trás, um tanto gay. O que acabava por desmoralizar a saudação militar que o ditador inventara, tornando ridículo o seu próprio gesto, repetido à exaustão, de forma enfadonha. Como mostrou Carlitos com maestria em *Tempos Modernos*, um filme de 1936, que assisti em Blumenau", assinala Werner.

"Terminadas as divagações, voltei a atenção para Paris, a cidade-luz, agora toda minha.

Na Rive Gauche senti-me em casa só quando ouvi ranger as escadas do pequeno Hotel Christine. Lembrei-me de 1938, quando estivera na França para ver a Copa do Mundo de futebol, com o velho Günter, hospedando-me ali mesmo. Achei divertido quando apareceu na porta do meu apartamento uma bem alimentada e corada arrumadeira, uma senhora de seios avantajados, e bunda saliente, ambos em destaque sob o uniforme branco de fustão. Estava ali para preparar o meu banho quente com hora marcada, na única banheira do andar. Só na hora em que eu ia tirar o roupão decidiu me deixar sozinho no banheiro."

"Findo o banho, desci para comer um croque *monsieur* no restaurante do hotel, com queijo *gruyère* bem derretido, caindo pelos lados do pão. Uma sensação deliciosa, depois de tanto tempo embarcado comendo só porcaria, o que me lembrou a cena de grande sensualidade descrita no livro *A Escolha de Sofia*, que mostra o significado quase erótico de comer um figo fresco carnudo, para quem está definhando de fome. Ao me excitar com a memória da cena do livro, pensei: 'acho que estou precisando de mulher'."

"Cheio de admiração pela cidade que via pela segunda vez, comecei a circular pelas largas avenidas arborizadas, pensando comigo: 'como é que esses franceses agüentam esta situação de ocupação com tanta calma, numa cidade tão bela, com as delicadas bandeiras tricolores substituídas pela pesada suástica, mais esse bando de alemães fardados, espalhados por todo lado?'. É claro que é sempre prudente aderir ao vencedor, coisa que acontece todo dia na política. Mas quando se trata da sua própria terra invadida, a coisa fica mais difícil de suportar. É quando começa a resistência, que vem crescendo, mesmo com a violenta repressão nazista, segundo li", divaga Werner.

"Mas deixa pra lá, isso não deveria ser preocupação de um soldado alemão, menos ainda de um brasileiro, condição que, não sei porque, cada vez me parece mais sólida e real."

"Em seguida, uma idéia puxa a outra e faço a mim próprio uma pergunta, preparada com antecedência, em muitas noites escuras de balanço no mar e muito tesão: 'será que dá para pensar em namorar uma parisiense? Será que ela se entregaria a um alemão, nestas circunstâncias? Ou, ao contrário, seria capaz de entregar um soldado alemão seduzido por ela, aos maquis, membros da resistência francesa?'."

"Surgem tantos pensamentos na minha cabeça, que estou feliz de ter bastante tempo de viagem para continuar com eles, na esperança de ordenar minhas idéias tão tumultuadas ultimamente.

Mas a imagem recorrente ainda é a da roupa encharcada, do mau cheiro, dos gritos de 'Alaaarm!', da obrigação que levo comigo do cumprimento do dever, de retornar a esse inferno que é o submarino, onde a visão de alguém no tombadilho, com o submarino afundando, é o meu pesadelo de sempre."

"De repente corrijo a mim próprio: um soldado do Corpo de Submarinos alemão não pode ter pensamentos derrotistas como esse. Não posso continuar nesse redemoinho de idéias que não me deixam relaxar, nem quando estou dormindo", reconhece Werner.

"Seria bom fazer uma meditação, embora eu desconheça como é que se faz isto. Apenas vi alguns marinheiros japoneses, nossos aliados, praticando, quando nos visitaram no campo de treinamento lá na Alemanha. Apesar de diferentes de nós, como são também os italianos, eles são nossos aliados e devem ser respeitados por causa disto. Muito embora aquele caso do *Lacônia* ainda esteja atravessado na garganta da Marinha italiana."

"O fato é que é antinatural ouvir gritos de pessoas em italiano, ou qualquer outro idioma, pedindo socorro, gente queimada em óleo fervendo no mar , se afogando, e nós proibidos de ajudar. Imagine se os gritos fossem em português, que desespero..."

"Durante a noite a aflição para mim é maior ainda: acordo umas quatro vezes, com a gola do pijama encharcada. Isso em terra, porque no submarino, com o calor e a claustrofobia, o pijama (pijama?) amanhece todo encharcado, grudado ao corpo, cheiro de suor misturado com o bolor gerado pela umidade de bordo, mais o cheiro de urina que vem em ondas do fundo da embarcação."

"E a acidez, que invade tudo aos poucos, numa emanação que se mistura com a obturação de amálgama, que é de prata, dentro da boca, dando a sensação de que os dentes vão rachar. É daquelas coisas que só de pensar dão arrepio, como quebrar o giz na lousa, com aquele guincho agudo chegando até o cérebro, deixando a unha cheia de pó branco", arrepia-se Werner.

"Segundo li numa bula, aqueles 'suores noturnos' correspondem a um desequilíbrio do sistema nervoso. Mais uma coisa que nunca pensei que fosse me afligir, a partir da minha vidinha calma lá em Blumenau, onde acordava com o pijama sempre seco, a não ser quando uma polução noturna me visitava, a partir de um sonho erótico."

"Mas, naquela situação, não é de admirar que a sudorese fosse farta, com a tensão de estar embarcado num submarino, no meio da Guerra."

"De uma coisa tenho certeza: não é frescura sentir-se assim, pensando em desertar todo santo dia, como eu mesmo, que sempre fui caxias, cumpridor das obrigações, temente a Deus, ao comandante, e ao regulamento."

"Duvido que alguém que nunca tenha entrado num submarino possa imaginar o que foram as situações que enfrentamos, e as que ainda poderão vir para mim, eu que estou apenas numa licença, bem curta. Desertar!"

"Pare com isso Werner, você está torturando a si próprio, com esses pensamentos em círculo vicioso. Pare com isso. Proíbo meu cérebro de ficar me atormentando desse jeito!"

CAPÍTULO 13

FRANÇOISE

"Comparados com embarcações de superfície do mesmo porte, os submarinos levam vantagem, por permanecer por longo tempo em ação, com ilimitada capacidade de resistir ao mar agitado."

"No meu primeiro dia em Brest, para onde tinha viajado em passeio turístico pela Bretanha, resolvi descer para tomar um bom café da manhã numa confeitaria chamada 'Françoiserie' que havia lá embaixo, com croissant, brioche, bastante manteiga e geléia de morango. Pensava também em fazer algumas compras só de coisas gostosas, para trazer ao alojamento", pensava Werner, enquanto descia as escadas do hotel ocupado pela Marinha alemã.

"Era uma confeitaria chique, freqüentada por franceses e alemães, com livraria e banca de jornais ao fundo."

"Acabei escolhendo frutas da estação, um Saint-Emilion tinto, vinho preferido do meu pai, queijo *emmenthal* suíço, e um certo estoque de *palmier*, que lá em Blumenau dona Bertha fazia bem maior, e sem graça, o chamado *orelhão*, que nada tem a ver com o legítimo produto francês, também em forma de orelha, mas das pequenas, leve, sem esfacelar, compacto, consistente, crocante, com pouco açúcar. Aquela massa folheada e caramelizada, era minha grande tentação em matéria de doce."

"A moça que tomava conta da confeitaria era uma loura bonita, de pele clara, rabo de cavalo, olhos castanhos, com pinta de filha do dono."

"Ela prestou atenção em mim, e parece ter simpatizado comigo, pelo fato de que, mesmo sendo alemão, como constatou pelo sotaque, eu me interessava mais por um *palmier* do que pelo *Apfelstrudel*, a outra especialidade da casa", refletiu Werner.

"Quando contei que estava servindo no Corpo de Submarinos alemão, apesar da minha insólita e inesperada origem alemã do Sul do Brasil, ela ficou interessada. Mas não deixou de dar uma estocada irônica, dirigida com sarcasmo aos invasores do seu país." "Pensei que a gente só precisava se preocupar com essa raça superior aqui na Europa."

"Aquele curto diálogo aconteceu enquanto ela mesma empacotava as minhas mercadorias, o que percebi ser um gesto de delicadeza para comigo. Foi a deixa para que eu lhe passasse, encabulado e sem jeito, um papel de embrulhar pão, com o telefone do alojamento em que estava, e o meu nome, em letras maiúsculas."

"Além do telefone escrito no bilhete, eu indagava, entre ousado e esperançoso, se ela não queria jantar comigo naquela mesma noite."

"Ao entregar o papel, com medo de que a proposta de um encontro fosse muito precipitada, fiz cara de garoto abandonado, o que costuma comover as mulheres, despertando seu instinto materno. Reforcei a idéia de que não sendo alemão, nem francês, tinha muita dificuldade de arranjar amigos ali em Brest."

"Antes de sair, ela ainda me perguntou se eu não me interessava pela livraria que havia nos fundos, se não gostava de ler, uma espécie de teste de cultura que decidiu fazer comigo."

"Para agradá-la comprei um jornal local, que dava conta das iniciativas do governo de Vichy, submisso aos nazistas, chefiado pelo Marechal Pétain, herói francês da I Guerra Mundial. Ao olhar de soslaio a manchete principal do jornal, ela teve um duvidoso ataque de patriotismo, sentenciando: 'O Marechal Pétain é o nosso herói da Primeira Guerra Mundial'. Sem entender aonde ela queria chegar, não respondi."

"Na hora do almoço desci de novo para comer alguma coisa, no mesmo lugar, é claro. Não adiantou, ela não estava lá. Só então descobri, aflito, que não tinha perguntado o nome daquela gracinha francesa, que o destino tinha colocado no meu caminho."

"Em pouco tempo estava de volta ao alojamento. Decidi, então, ficar de plantão, depois de dar um dinheirinho ao porteiro, o todo-poderoso Jean, um operador de telefone que servia ao primeiro andar inteiro."

"Não sem antes me assegurar que, se me ligasse uma moça, ele não deixaria de me chamar no meu quarto, uma questão de vida ou morte. Esse jeito dramático de me dirigir ao porteiro teria me traído, pelo exagero da frase. Mas não foi bem assim que me dirigi a ele. Limitei-me a explicar que tinha uma prima francesa, por parte de mãe, que iria fazer o seu primeiro contato comigo no dia de hoje. Ao que ele, de bate pronto, respondeu: 'meu amigo, nesse alojamento alemão todo mundo tem uma prima francesa, da qual muitas vezes nem sabem o nome'. No susto, soltei uma gargalhada, acompanhada pelo riso cínico, sonoro e compassado do Jean", recorda Werner.

"Ansioso, uma hora depois já estava me dirigindo de novo a ele, sem resistir à precoce tentação de indagar se alguém tinha ligado. Ele percebeu a minha aflição, deu um risinho maroto, e disse, com ar cínico, 'ninguém ligou...'."

"De volta ao quarto, recostei na cama, abri o *Manual do comandante de submarino*, mais por vício do que por ter intenção de assumir algum dia a chefia de um submarino. Ainda mais um estrangeiro, como eu, que curiosamente me sentia alemão quando estava em Blumenau, mas que agora, radical, passava a ser brasileiro cem por cento, com simpatia por aquele povo francês tão sofisticado e elegante, que nós tínhamos subjugado."

"Abri também a garrafa de vinho tinto, com um saca-rolhas que havia ganhado de presente na loja lá de baixo, da menina cujo nome não sabia. Que mancada."

"E o resto da tarde foi assim, um gole de vinho, um pedaço de queijo, e um *palmier*. Em algumas horas bati a garrafa, o queijo, e meio quilo de *palmier*, até adormecer, um tanto chumbado, barriga estufada."

"Às nove da noite fui acordado por diversas batidas fortes e insistentes na porta. Quando abri encontrei o Jean meio bravo, já quase desistindo de me chamar. Tinha tentado me acordar por três vezes, sem resposta. Quanto ao recado, ele deu secamente: 'Mademoiselle Françoise na linha'."

"Lavei o rosto correndo e passei um pente no cabelo como se fosse me encontrar com ela. Em seguida voei pelo corredor, até o telefone. Alô, Alô? Nenhuma resposta. Alô? Entra na linha uma voz suave, de veludo, parecendo de uma pessoa mais velha do que a que eu tinha encontrado na livraria. 'Aqui é a Françoise. Você ainda quer me convidar para jantar?' Afoito, respondo que sim, certamente. Ao que ela replica, definitiva: 'amanhã, sete e meia, no Beau Rivage'. E, como se eu não soubesse: 'sou loura, de olhos castanhos. Até logo'. Prossegui balbuciando frases ao telefone para ter certeza de que era tudo realidade. Em resposta só ganhei o ruído de ocupado."

"Vou ligar de novo para ela. Mas não tenho o telefone. Vou passar na confeitaria. Besteira, para que? Ela já marcou o jantar para amanhã", tranqüilizou-se Werner.

"Com o coração batendo forte, voltei para o quarto, e dormi placidamente por doze horas, graças ao vinho, ao *palmier* e à doce

Françoise, cujo nome eu poderia ter descoberto sozinho, se prestasse mais atenção nas coisas."

"No dia do encontro, embora fizesse hora desde de manhã, acabei chegando ao restaurante meia hora antes do combinado."
"O Beau Rivage tinha, como eu podia esperar, vista para a península da Bretanha, estando em primeiro plano o Castelo e a Torre Tanguy."

"Um bistrô elegante, com cara de suíço, jeito de ter um bom *fondue*. Em vinte mesas, toalhas quadriculadas em vermelho e branco. Quando cheguei, metade do restaurante já estava cheio, com duas mesas ocupadas por oficiais alemães fardados, provavelmente de serviço naquela noite. Descontraídos, eles davam muita risada. Mesmo assim procurei não encará-los, como se pudessem me flagrar em trajes civis fazendo alguma coisa errada."
"As mesas estavam postas com três copos à frente de cada prato. Um guardanapo engomado, dobrado em ponta, encaixava no copo maior."

"Uma cestinha de pães em cada mesa me acenava de longe, com croissants e brioches certamente deliciosos e quentinhos, que deviam ter saído do forno naquela hora, sobre uma pequena e delicada toalha branca bordada em ponto Paris, onde repousava também uma manteiga fresca inteira, sobre algumas folhas de hera."

"Olhando de longe para a cesta tão bem arrumada, descobri que estava com muita fome, depois de dois dias internado no alojamento, tudo pelos olhos da bela Françoise."

"Acenei, então, para o *maître*, para que ele desse algumas sugestões sobre as melhores pedidas e as marcas de vinho que pudessem impressionar a uma menina sofisticada."

"Em seguida dou uma olhada ao redor, pelo alto, percebendo que a escolha não seria fácil. As prateleiras cheias de garrafas de vinho davam a volta à sala."

"Reparo nas garçonetes, elegantes em seus uniformes, ou *soignées*, como dizem os franceses. Lápis e papel na mão, elas anotam os pedidos com cuidado e muita atenção, como manda a escola francesa de hotelaria, sob o olhar severo do *maître*."

"Todo esse conjunto de observações e pensamentos, dura apenas dez minutos, restando vinte para ela chegar, se vier, naturalmente."

"De repente achei que era ela. Na França todas as moças têm cabelos claros, mas nem todas têm olhos castanhos. Esta tinha olhos azuis. Não era ela. Passei a puxar pela memória para rever o rosto dela. Não podia errar quando ela entrasse. Sete horas e vinte e cinco minutos. Agora era ela, sem dúvida. Levantei da banqueta do bar e acompanhei de longe o seu contato com a recepcionista, que lhe indicou, gesticulando com um lápis na mão, a mesa para dois onde eu estava. Que bom, a mãe dela não vem, pensei pela primeira vez nessa hipótese plausível, aliviado por ela não ter se concretizado. Lá vem ela, na minha direção, alta, magra, andar compassado de modelo, passos decididos, pernas finas, porte elegante, pescoço alongado, e uma leve ginga nas cadeiras. Derreti inteiro quando ela chegou perto de mim, desinibida, olhos nos olhos."

"Pronunciou pela primeira vez o meu nome, que ficou tão bonito, com a tônica na última sílaba. 'Comment ça va, Mr. Wernér...'."

"Sentamos frente a frente. Ansioso, devorei uma azeitona das grandes, com cabo comprido, que fazia parte do *couvert*. Fiz força para não cuspir. Era uma alcaparra gigante, diferente do condimento que eu conhecia aos pedacinhos, no linguado à *belle meunière*."

"Um pedaço de foie gras de entrada, uma vitela com batata *sauté* e uma salada verde temperada no azeite e vinagre, mais um pouco de mostarda de Dijon, foi o menu que escolhemos, numa sintonia clara, pensei eu, de pleno entendimento entre duas almas recém-encontradas, mais o *maître*."

"Para impressionar a menina pedi, com firmeza, um vinho Petrus, de 1939, uma safra um pouco recente para esse padrão de vinho, mas que se encaixava no meu orçamento. Foi só pedir aquele tinto, e o *sommelier*, ou escanção, veio me cumprimentar pela escolha inteligente. Em seguida, mandou trocar os copos. Quando chegou a hora de dizer *santée* para Françoise, me senti o homem mais feliz do mundo, ao perceber que ela tinha gostado da homenagem."

"De sobremesa, um queijo brie derretendo, também indicado pelo *maître*, para acompanhar o vinho, da região de Pomerol. Fechando a refeição, para espanto dele, pedi profiteroles, com chocolate amargo despejado em cima, meu outro xodó, além do *palmier*. Ela não quis."

"Sai do restaurante com a sensação de ter ido muito além do meu limite financeiro e gastronômico, enquanto ela, moça fina, comeu de tudo, mas de forma moderada."

"Na saída apreciamos a vista do castelo de Brest, e a brisa suave e fresca com que fomos contemplados pela Bretanha."

"Intempestiva, Françoise perguntou se eu me sentia bem sem farda, mas não aprofundou o assunto do meu papel na guerra. Eu é que abordei o assunto, certo de que ela consideraria mais nobre um marinheiro que arriscasse a vida no fundo do mar, do que um reles soldado terrestre, da infantaria. Descobri que o tipo de combatente que eu fosse não interessava muito a ela. Resolvi voltar ao tema do governo de Vichy, sobre o qual tinha lido à tarde.

Ela opinou de novo, com jeito de quem encerra o assunto, fazendo boca de orgulhosa, sem que eu entendesse por quê. Vai ver era parente dela: 'O Marechal Petáin foi um grande herói da

Primeira Guerra Mundial, vencida pelos aliados, e a rendição alemã foi assinada em Versalhes, em 1918'."

"Percebi que no resto da noite a conversa deveria ser amena, falando sobre o curso de história que ela fazia em sua cidade, e também a respeito da minha origem brasileira, e da cidade de Blumenau, com características germânicas como ela nunca imaginou pudessem existir ao sul do equador."

"Na saída, o ar fresco e perfumado da noite me pegou enlevado, até apaixonado, levando Françoise a pé para casa, por alguns quarteirões repletos de castanheiras, em meio a parques muito bem tratados, com pinhões caídos espalhados por sobre o gramado."

"Animados pelo Pétrus que tomamos até o fim da garrafa –'noblesse oblige' –, como disse ela, contamos piadas. Ela riu bastante de uma mais picante que ousei enfiar no repertório, o que me fez lembrar do Kid, nome pouco usual de um amigo da juventude nazista, em Blumenau, que registrava em seu manual de conquistas, dois sinais de que a menina estava a fim de você. Um era aquele que eu já havia experimentado, uma piadinha um pouco mais forte, mas não grossa, para ela rir bastante, em vez de fechar a cara.

O outro sinal é tocar de leve na garota algumas vezes durante a gesticulação da conversa, sem que ela tire o braço, ou encolha o ombro, em gesto de recuo."

"Lembrando disso, embora meio fora de hora, passei o braço esquerdo meio desajeitado por sobre o ombro dela, enquanto caminhávamos, o que a fez inclinar o corpo para o lado de dentro da calçada, livrando-se do contato indesejado. Um a um pensei eu, na contagem que o Kid teria computado."

"Pronto, chegamos, disse ela, frente a um apartamento elegante, todo coberto de hera, de quatro andares, numa rua em que pinheiros frondosos se entrelaçavam por cima, em altura equivalente a dois andares do edifício, numa região nobre da cidade, bairro de gente abastada. Em gesto ensaiado, e antes que fosse tarde, pedi o telefone dela, para que não dependesse mais do inconveniente Jean. Perguntei se podia ligar e ela me respondeu que sim, com toda a naturalidade, o que achei um bom sinal."

"Quando ia continuar a puxar assunto, elogiando a qualidade do seu bairro, Françoise já subia os degraus da entrada, acenando para mim de um pequeno patamar, sorriso aberto nos lábios."

"Acenei de volta, depois retornei por um quarteirão, chutando para longe alguns pinhões que estavam no chão, até uma praça que me pareceu celestial, com confortáveis bancos esperando por mim."

"Em estado de graça, sentei, e reclinei a cabeça para trás, até o encosto do banco, com as pernas esticadas. Nessa posição fixei o olhar no céu estrelado, como faria qualquer apaixonado. Fiquei pensando nela e em nada mais. Desfilava pela minha cabeça cada gesto da noite, cada palavra, cada riso dela, cada brincadeira em que consegui o feito de provocar uma gargalhada nela", orgulhou-se Werner.

"Naquele momento, a palavra guerra tinha deixado de fazer sentido para mim."

"No dia seguinte, quando telefonei para perguntar aonde a gente poderia jantar de novo, ela replicou, objetiva": "Quantos dias mais em Brest?". "Dois, respondi, mecanicamente, sem faltar à verdade. Foi então que ela me disse: 'passa em casa amanhã, seis da tarde, para celebrarmos o seu último dia na cidade. Vou fazer para você o prato que é a *pièce de resistance* aqui de Brest, o crepe Bretão. Você gosta?' Respondi da forma mais careta possível, 'qualquer prato que você fizer fica maravilhoso'."

"A coisa estava ficando tão boa, que até pensei no absurdo de uma possível traição de Françoise, preparando para mim o chamado 'conto do suadouro', que existia no Brasil, onde uma garota bonita seduz um homem, que depois será atacado por uma gang ligada a ela, no auge do enlevo amoroso."

"Será possível que aquele encontro anunciado, tão fácil e cômodo, poderia ser prenúncio de um seqüestro, ou atentado da resistência francesa contra mim, que ela sabia ser um militar nazista, embora não tivesse me visto de farda? Concluí que, apesar de tudo, o risco valia a pena".

"No dia do encontro, não consegui fazer nada. Só pensava como é que uma garota daquela podia me receber sozinha em sua casa. Para mim não havia hipótese de que ela morasse naquele apartamento tão amplo, sem ninguém. Só se os pais dela estiverem viajando, justifiquei a mim mesmo."

"Fiz o trajeto de ida até o apartamento dela pelo mesmo caminho que havíamos percorrido juntos, lembrando de cada momento da caminhada. Voltei a chutar pinhões e a sentar no banco da praça, para sentir a sensação da presença dela, que eu teria novamente, logo em seguida."

"Inseguro, com o coração palpitando, mas resoluto, respirei fundo, e toquei a campainha daquele apartamento elegante, admirando a pujança da hera na fachada. Naqueles poucos minutos em que esperei para ser atendido, me convenci, um pouco desalentado, que a mãe dela faria parte do jantar, e o pai também."

"Mas quem abriu a porta foi Françoise, em pessoa, fazendo um gesto amplo com a mão direita, para que eu entrasse no apartamento, onde havia móveis de design moderno, de linhas retas, alternados com o rococó da decoração de antiquário em estilo francês. Coisa de gente chique, da Europa."

"A iluminação estava fraca, o que tornou difícil para mim uma visão de detalhes."

"Deu para notar, em primeiro plano, uma garrafa amarela de Veuve Clicquot Brut numa cumbuca de prata cheia de gelo, com duas taças numa bandeja também de prata, e os guardanapos de linho engomado, com o monograma da família dela."

"Continuava difícil ver as coisas à meia luz, mas ao concentrar a vista, acabei descobrindo uma tenda árabe de seda num canto do chão, sob a qual estavam dois colchões colocados lado a lado, com jeito de macios, recobertos com forro de algodão estampado bem colorido. No ar, um delicioso aroma de incenso indiano.

Uma atmosfera acolhedora, para não dizer erótica à minha espera, o que não combinava em nada com o comedimento que ela demonstrara no nosso primeiro e único encontro."

"Na conservadora década de 1940, pensei, a guerra mexe com os corações femininos, tornando-os mais sensíveis e compreensivos. Será que Françoise teria me recebido assim, com tanta generosidade, fosse eu um aplicado burocrata da prefeitura de Brest, na certeza de que estaria por aqui, à disposição dela, por mais cinqüenta anos?"

"No meu emprego, o mais arriscado da Marinha, há 70% de chance de que a gente desapareça de um dia para outro. Esta perspectiva apavorante pode ter amolecido o coração da moça, despertando nela um sentimento de urgência no amor que, em condições normais, levaria meses para se desenvolver e chegar aos finalmente. Viva a Guerra!"

"De repente, num reflexo de luz, noto que ela estava usando apenas uma espécie de *baby-doll*, talvez para que não houvesse muita perda de tempo nas preliminares, pensei, já meio apavorado de não funcionar a contento com uma mulher assim, gostosa, recatada e ao mesmo tempo oferecida."

"Excitado, sôfrego e desajeitado, tento abraçá-la, mas ela me afasta com delicadeza: 'calma, moço, vamos aproveitar direito esse momento'."

"Suas pernas cruzadas no sofá mostram as coxas descobertas, que refletem o tom avermelhado de uma luz preparada e dirigida para o lugar certo, como faria uma diretora de teatro. Em seguida ela passa às minhas mãos a garrafa de champanhe, bem gelada: 'servir bebida é negócio de homem'. Desarvorado, e de novo desajeitado, faço a pergunta cretina, 'quer que abra com estouro ou sem?'. Uma pergunta sem resposta, quando Françoise se dirige até o balcão do bar, onde pega as duas taças em forma de papoula de cristal bacará, geladas. Quando volta, cabelos esvoaçando como em desfile de moda, a rolha já tinha ejetado como um foguete, e batido no teto. 'Essa fica como lembrança para você', disse, apanhando a rolha no chão e me entregando, virada de costas para mim, não sem antes ficar agachada por algum tempo, com a calcinha bem esticada, que revelava por inteiro o formato arredondado do seu *derrière*, como se eu ainda precisasse de estímulos, naquela situação de desejo e embaraço ao mesmo tempo."

"Aquela tenda sobre os *foutons*, a luz avermelhada, levava minha imaginação a extremos de libertinagem. O contraste da situação sórdida em que me encontrava no submarino, com a leveza de espírito e a sofisticação que sentia agora, tinha a ver com a generosidade dela, que pelo visto iria muito adiante, quando percebi que ela discretamente entrara na tenda árabe, já sem roupa, desvelando um corpo perfeito."

"Era uma menina muito especial, suave, perfumada, bem-educada, lisa, de coxas redondas, busto pequeno, mamilos salientes e durinhos, com a ponta chata, bunda dura, não muito grande, pêlos nas axilas. Lá embaixo, um respeitável chumaço pubiano de pêlos escuros, crespos, sem aparar, em contraste com a pele alva de suas coxas", detalhou Werner.

"Era ali que já se revelava, na parte de baixo do púbis, um rego de pêlos molhados em forma de funil, quando ela já parecia atingir a excitação máxima, precoce, pronta para o ato."

"Uma garota fina e recatada, que não tinha limites quando soltava o freio, a não ser os da elegância de gestos e palavras, que mantinha intactos."

"Da primeira vez em que a senti molhada, aberta, corpo todo arqueado para trás, olhos quase fechados, com um chiado de gozo entre os dentes, consegui escutar, para meu encanto, as palavras dela, sussurradas: 'que bom ter você dentro de mim'."

"Depois disso, o máximo a que ela chegava em matéria de palavras eram gemidos de 'sim', 'vem', 'agora', repetidos muitas vezes, no ritmo do balanço, perto do orgasmo."

"No início, não fui o parceiro ideal para Françoise, porque a minha ansiedade de tantos meses no mar encurtava a ação e não permitia que ela aproveitasse o seu momento até o fim. Mas, no final da noite, ela queria dormir, e eu voltava a passar a palma da mão aberta em seus peitinhos, caminho certo para ela se interessar de novo pelo macho a seu lado."

"No final, ela dizia, 'fica comigo, fica comigo'. Eu, sempre despreparado para essas situações que a vida me traz de bandeja, ficava sem saber se ela se referia à minha viagem do dia seguinte, ou ao gozo conjunto."

"Na volta a Saint-Nazaire, eu não disse uma palavra. Nem o discreto Pierre, que deve ter desconfiado que eu me encontrava em estado de graça, recostado no banco de trás do Citröen, olhos semicerrados fixados no teto do carro, expressão de êxtase no rosto."

"Pensei, então, no prometido crepe Bretão, que nem chegou a entrar em cena."

"Assim, com um pouco de fome, cheguei ao alojamento, sem precisar passar pelo crivo do Jean, que sacava tudo, sempre. Felizmente, ele estava de folga."

Capítulo 14

Lebensraum – Espaço vital para a Alemanha

"Quem vê o inimigo em primeiro lugar, ganhou."

"Avenida Champs Elysées, 'l'avenue plus belle du monde', como dizem os franceses, com toda a razão", pensava Werner, "enquanto caminhava por ela, desviando do cocô dos cachorros. Estou feliz, por estar me sentindo no lugar certo, na hora certa", concluiu para si próprio.

"Incrível como estão próximas no tempo e no espaço, duas situações tão opostas, como eu estar aqui vendo o povo circular, comendo um ót dog (é assim que eles falam aqui), com queijo *gruyère* derretido em cima, ou num submarino mergulhado no Atlântico Norte, respirando um ar fétido e consumindo alimentos intragáveis. O incrível é que muitos dos momentos de aflição que passei no Atlântico Norte, não aconteceram em outro planeta, mas muito perto do local em que estou agora, curtindo uma folga na capital francesa", deduziu.

"Fazendo um balanço do que me aconteceu como suboficial embarcado na Marinha alemã, concluo que corri toda a sorte de riscos e desconfortos. Em contrapartida, se é possível haver contrapartida neste balanço nonsense que se chama guerra, também ajudei a criar um inferno para muitas pessoas inocentes, ou não, nas chamas e nos rolos de fumaça dos torpedeamentos feitos a sangue frio, dos quais não me orgulho nem um pouco, apesar de ter comemorado por diversas vezes a nossa boa pontaria", recorda-se Werner.

"Lá em Orléans, antes de o pessoal abandonar aquele terraço elegante só porque se sentou ali um militar nazista fardado (eu), vi que as moças conversavam, davam risada, tomavam sol, se divertiam, enfim, viviam.

Nós, ao contrário, morríamos resignados debaixo d'água, sem defesa, sob a asfixiante pressão de uma coluna d'água que fazia a cabeça latejar."

"A morte, quando chegava, vinha fácil. Bastava que uma bomba de profundidade lançada pelos destróieres inimigos caísse apenas alguns poucos metros mais perto da lâmina de aço de 2,5 centímetros de espessura do casco interior do submarino, para que nós, apavorados e gelados de medo, com o suor frio correndo por baixo da camisa, paralisados, empapados, levássemos o golpe de misericórdia que nos tiraria da guerra e também deste mundo. Uma coisa que, cedo ou tarde, acabaria por acontecer. Não era preciso ser fatalista, apenas realista."

"Num conveniente processo de escapismo, que me permitia encurtar grandes distâncias, foquei o pensamento na minha Blumenau, onde a vidinha devia estar correndo solta, com as preocupações habituais, o sucesso da pescaria no rio Itajaí-Açu, a qualidade do *Apfelstrudel* da confeitaria do Hotel Holetz, feito pela bochechuda, corada, corpulenta e saudável senhora Bertha", recordou-se Werner.

"Nascida no Brasil, ela seguia falando português, com enorme sotaque, sempre ligada nas ondas longas da Rádio Clube de Blumenau, transmitindo – naturalmente – em alemão, com locução de Heriberto Mueller e Martha Wilhelm, cujo filho se encarregava dos efeitos sonoros do programa, tocando violino, com o nativo Pedro Pereira ao piano."

"A piada que o pessoal da minha escola a Neue Deutsche Schule fazia em português a respeito do nome dela era chulo, sem graça e previsível: 'Eram duas irmãs, Rosa e Bertha. Casou a Rosa e ficou a Bertha'."

"O ambiente da confeitaria da dona Bertha era amplo e agradável. Na parede, uma tapeçaria destacava uma frase bordada à mão, rodeada de flores vermelhas, e folhas verdes em ponto cheio, moldura branca, estreita, de madeira. O que estava escrito ali eu nunca entendi direito, mas decorei, pelo inusitado do tema: 'absoluta moralidade e máximo asseio'. Com certeza a moralidade se referia à freqüência do hotel, e o asseio se aplicava a tudo."

"Outro quadro, simétrico ao primeiro, em relação à largura da parede, dizia: 'o mundo não vale o meu lar', onde o bordado tinha as letras eme e ene com as pernas separadas, que pareciam vários 'setes'."

"Assim, o eme virava 777 e o ene 77. O que para mim, recém-alfabetizado, resultava numa frase ininteligível, que eu gostava de ler, muitas vezes, em voz alta, quando ia ao Holetz: o '777u, 77 do, 77ão vale o 777eu lar'."

"Mas não só dona Bertha era uma fanática germanófila. Praticamente todo mundo em Blumenau era pró-nazi. Tanto que, em março de 1940, o presidente Getúlio Vargas precisou ir até lá, ele que não gostava de viagens. Fez um discurso, preocupado com a pequena Alemanha em que havia se transformado o município: 'O Brasil não é inglês nem alemão! Aqui todos são brasileiros, porque nasceram no Brasil, porque aqui receberam a sua educação!'", concluiu Werner.

A presença do presidente naquela lonjura, em relação ao Rio de Janeiro, capital da República, era bastante justificada.

Blumenau tinha 20 mil habitantes, sendo 70% de origem germânica. E os nazistas tinham um olho grande voltado para o sul do Brasil, uma das invasões mais possíveis de ocorrer, tão logo eles tivessem conquistado o mundo para o *Reich* de mil anos.

Aquela região habitada por maioria alemã era meio caminho para a dominação de um país, "cuja maioria formada por pardos e mulatos seria facilmente dominada por uma minoria ariana bem organizada", conforme pregava a teoria da superioridade racial sobre os povos ditos inferiores, aplicada ao Brasil.

Em 1938, o governo do Brasil tomou providências para garantir que aquele pedaço de território nacional continuasse a ser brasileiro. O Decreto-Lei 868 definiu a nacionalização do ensino primário de todos os núcleos de população de origem estrangeira, seguido de regulamentos estaduais. Não eram mais permitidas aulas ou textos em alemão, passavam a ser obrigatórios o uso da língua portuguesa e o aprendizado de história do Brasil. Em reação às medidas, o cônsul-geral da Alemanha, Herr Lorenz, redige um prepotente documento: "Os estados sulinos brasileiros baixaram regulamentos que prejudicam completamente o caráter germânico de nosso sistema escolar naqueles estados. É particularmente drástica a lei no estado de Santa Catarina, onde as escolas alemãs estão sendo assimiladas às escolas do governo brasileiro".

Apesar do Decreto, a intenção de tirar partido da forte presença alemã na região seguia inabalável. O inimigo era uma organização que havia sido criada, na Alemanha, dentro do Nationalsozialistische Partei (nazi), conhecida como AO – Auslands Organisation, cujo objetivo era conquistar novas terras e dominar outros povos, cumprindo o ideal do *Lebensraum*, o direito à expansão do espaço vital. A AO tinha 2.450 agentes efetivos agindo fora da pátria-mãe.

O chefe da organização em cada país era o *Landsleiter*, que precisava ser natural da Alemanha e residir no Exterior. O líder no Brasil do grupo formado em 1931 era um respeitável senhor chamado Hans H. Von Cossel, que tinha ido à Alemanha fazer o curso especializado na formação de dirigentes para o exterior. Uma das funções da AO era recrutar voluntários para lutar no exército alemão.

Foi assim que Werner foi parar lá, como membro da Juventude Hitlerista (Hitler Jugend), subordinada ao Partido Nazista no Brasil, que tinha como filiados cerca de 3.100 alemães residentes no país.

Eram os "súditos da Grande Alemanha", todos com domínio da língua pátria e leitores dos textos doutrinários e do Almanaque *Volk und Heimat*, da editora Deutscher Morgen, de São Paulo. Havia ainda outras recomendações da AO aos seus membros e simpatizantes: não participar da política local; não propagar idéias aos estrangeiros, como determinava Hitler, que considerava o nazismo uma mercadoria não-exportável; comportar-se como elite do *Reich*; servir apenas aos interesses do *Reich*; manter em segredo as táticas de ação.

O Departamento de Turismo Alemão também estava a serviço do nazismo, distribuindo folhetos de propaganda ideológica e monitorando o movimento da imprensa brasileira, arquivando tudo o que saía sobre a Alemanha. Tinha escritórios muito bem localizados, na rua São Bento, em São Paulo, e na av. Rio Branco, no Rio. Desses escritórios era enviado todo o material impresso de propaganda nazista que chegava a Blumenau, sendo que a Embaixada Alemã só interrompeu esse serviço no rompimento de relações com o Brasil, quando a própria delegação da embaixada se retirou do país.

Sobrou a Rádio Ipanema, do Rio de Janeiro, controlada pela Embaixada Alemã desde 1941 e que divulgou mensagens, com certos subterfúgios, até meados de 1943. Eram textos aparentemente jornalísticos, com linguagem convencional, e horário determinado, após o último noticiário, com mensagens destinadas à escuta de agentes que se encontrassem dentro do raio de alcance da emissora.

Daí o fato de Werner ter ouvido, chegando à Praia Grande, o noticiário da Rádio Ipanema, que se dirigia indiretamente ao universo dos submarinos que andassem por perto.

Ao redor dele, e do rádio, toda a tripulação do *U-199* prestava atenção, desejando saber o que falavam dos submarinos alemães naquela língua tão estranha, que só o marinheiro brasileiro era capaz de entender.

O pensamento de Werner agora retorna de um salto a Paris, onde ele se encontra agora, fazendo observações para si próprio:

"Apesar da Guerra, sinto de novo ao meu redor aquela atmosfera tranqüila e serena, de que todo mundo pode desfrutar, menos os judeus, a quem o governo de Vichy não dá trégua".

"A começar pela harmonia da arquitetura e das perspectivas privilegiadas que a cidade oferece. Elas parecem ter o poder de harmonizar os pensamentos de quem vem de fora. Ainda mais os meus, que vivem num redemoinho constante, misturando idéias e situações de guerra e paz, na aflição em que me encontro, tendo de voltar em poucos dias ao desespero da guerra no mar, atendendo ao apelo ridículo a que todos obedecem: 'o dever me chama'."

"Na minha cabeça procuro rever as paisagens tranqüilas de Blumenau, Orléans, e Brest, em busca de mais serenidade, mas não consigo evitar que o meu pensamento retorne para a súbita detonação de um navio atingido, começando por um ruído seco que chega uma fração de segundo antes da explosão, do torpedo batendo contra o metal do casco – um impacto inaudível, que talvez seja fruto da minha imaginação –, seguido do vento quente gerado pela tonitruante explosão que envolve a todos, agressor e agredido."

"Quanta tragédia e desespero nossos *U-Boote* trouxeram para os navios mercantes aliados. Gente boa, como todo mundo que é do mar, no início totalmente despreparada para enfrentar uma situação de guerra, depois de anos fazendo monótonas travessias do Atlântico Norte em lentos cargueiros, onde o momento de maior tensão, até então, ocorria quando o mar estava agitado", emociona-se Werner.

CAPÍTULO 15

AUTOJULGAMENTO

"Pousar o submarino no fundo do mar pode ser uma operação bem sucedida, como medida de proteção para evitar a localização da embarcação pelo inimigo."

APESAR DE ESTAR À VONTADE depois de quase uma semana em São Paulo, Werner ainda não entendia a história do blecaute, contra um inimigo incapaz de ameaçar uma cidade tão distante, que nem sequer fica à beira-mar. Continuava intrigado, com a utilização do canhestro gasogênio, uma engenhoca volumosa, desengonçada, e malcheirosa, que os alemães achariam muito engraçada. Eles que, em seu esforço de guerra, haviam desenvolvido uma gasolina sintética.

O marinheiro catarinense-alemão também sorria com o canto da boca quando lembrava dos carros a gasolina subindo com desembaraço uma das ladeiras mais íngremes de São Paulo graças ao status de médico, ou "médico", de seu proprietário.

Ainda estranhava o pão escuro que comia no café da manhã, feito com uma farinha misteriosa, que seguramente não era o trigo, um grão super-racionado e hipervalorizado no mercado negro.

Por outro lado, adorava a convivência pacífica entre as pessoas, novidade absoluta para um marinheiro vindo de uma Europa conflagrada, habitada por ódios, preconceitos e barbárie.

Ao mesmo tempo, se sentia culpado o tempo todo, como um suboficial que renegara o esforço de guerra de seus compatriotas.

Sabia que seu dever era lutar, coisa que pretendia continuar a fazer, embora se sentisse "perigosamente aclimatado ao Brasil", expressão que usava para si mesmo, em busca de despertar daquele perigoso e pacífico *dolce far niente*. Nem precisava enfrentar uma situação eticamente complicada como aquela, para ter a consciência pesada.

Werner sempre tinha culpa. Às vezes se pegava perguntando: "por que é mesmo que estou me sentindo culpado?".

Desertor, era a palavra que surgia como resposta à sua própria pergunta.

E a próxima expressão associada ao seu pensamento era nada menos que *pena de morte*, que estava sendo aplicada à solta, na Alemanha, para acusados de crimes bem menos graves que a deserção de Werner. Até o final da Guerra, quando havia mais desertores do que soldados na ativa, a punição suprema prosseguia sendo aplicada.

Ao se condenar à pena de morte, em pensamento, Werner ao mesmo tempo tentava ser sensato e justo consigo mesmo: "afinal, qual foi o crime hediondo que cometi, a ponto de estar julgando a mim mesmo como merecedor de uma condenação à morte?".

"Não exagere, Werner", raciocinava ele, tentando escapar do implacável pensamento que invadia seu cérebro 24 horas por dia, sem descanso, nem trégua.

"O que aconteceu comigo foi uma situação fortuita, em que o nosso desembarque foi fruto de um desejo generalizado de tomar uma cachaça na Praia Grande, e também umas cervejas bem geladas, que ninguém é de ferro, só o submarino, ah,ah,ah." Werner finalmente descontraiu, achando graça na própria piada, bem no estilo germânico.

"Mas", prosseguiu ele em pensamento, "o desembarque foi fruto de eu ser brasileiro, imagine se alguém da tripulação teria coragem de desembarcar sem ter um habitante local suficientemente maluco para guiá-los. Na verdade eu assumi um risco em nome de toda a tripulação, louca por uma cachaça e uma cerveja, mesmo ao custo de um pequeno deslize disciplinar."

Werner prosseguia tentando absolver a si próprio de uma culpa crescente que lhe invadia os pensamentos, como era de seu feitio.

"Afinal, minha culpa foi no desembarque, ou será que foi quando me escondi com a menina lá para o lado norte da praia? É claro que naquela hora eu não pensava na guerra, e em nada mais, enlevado no contato macio do corpo dela, depois de tantos meses só infligindo sofrimentos ao meu próprio corpo. Enfim, cedi aos prazeres da carne, pensou ele percebendo que a frase feita não era elegante. Até a ópera de Mozart, *Cosi fan tutti*, deve ser sobre o tema, não tenho certeza. O fato é que naquela hora, eu merecia mesmo me distanciar de tudo e de todos, a guerra que esperasse."

"Mas ao mesmo tempo penso que poderia ter regressado ao submarino, cumprindo meu dever de ajudar aquele bando de cachaceiros periclitantes, que mal tinham condições de chegar ao U-199."

"Não socorri o pessoal porque não tencionava embarcar com eles. Então sou culpado", prosseguia em seu pensamento cíclico. "Troquei a disciplina pelo prazer. Mas não vamos nos esquecer que o meu dever de consciência de não participar de ataques a navios do meu país era muito sério, a partir do momento em que soube que as agressões ao Brasil estavam autorizadas, por ordem do comandante supremo, o grande almirante Doenitz. Só eu me liguei no assunto, graças à minha bisbilhotice na mesa do telegrafista. Por outro lado, a quem mais interessaria prestar atenção na bandeira dos navios a atacar, depois de tantos países estarem no conflito mundial? Por acaso havia outros brasileiros a bordo? Tanto que, agora todo mundo sabe, o *U-199* mal saiu da Praia Grande, sem mim, naturalmente, e pôs a pique uma indefesa baleeira, ou traineira, conforme a denominação regional para uma embarcação de madeira, mais indefesa impossível, destinada à pesca de peixe e camarão. O que será que deu na cabeça do nosso comandante, de afundar uma inocente baleeira desarmada? Será que ele ficou irritado com a minha deserção e procurou vingança no primeiro objeto flutuante que encontrou no mar? Se for essa a causa daquele ataque covarde, então os pescadores brasileiros morreram por minha causa, embora eu saiba que existe uma coisa chamada objeção de consciência, que os americanos utilizam muito para escapar do combate. Será que se aplica também a mim? Meu caso foi uma opção de não atacar o meu país de origem, que, naquela altura, estava prestes a declarar guerra ao Eixo."

E de novo Werner ficava se imaginando na pior situação possível, frente a um tribunal nazista, levado de volta à Alemanha.
Em pensamento, estava sendo julgado por ter se negado a entrar em combate com um país inimigo, no caso, o Brasil, por um tolo acesso de sentimentalismo, incompatível com o juramento feito solenemente de defender o *Terceiro Reich* até a morte, ao se alistar na Marinha alemã.

Em seguida, imaginava requintes de humilhação a si próprio, a partir de um filme que vira de um julgamento nazista, onde respeitáveis réus eram privados de seus cintos, tendo de segurar as calças com as duas mãos, para que elas não caíssem diante dos juízes, enquanto respondiam a um interminável e agressivo interrogatório. No filme, os magistrados, esquecidos de seus princípios éticos, faziam também o papel de promotores.

No caso da situação masoquista em que Werner se colocava, não apenas ele não tinha mais cinto, como já se sentia de cuecas frente aos agressivos juízes, postados em uma longa mesa, sob a égide da suástica. Suas calças tinham deslizado pelas pernas até o chão, quando ele gesticulara para dar ênfase a uma das respostas. Werner começa, então, a pensar de novo em voltar para o *U-199*.

Onde andaria o seu submarino? Caso conseguisse retornar, estaria cumprida a sua missão de "espionagem", epíteto com que ele procuraria defender para a Marinha alemã, aquele sumiço inexplicável, por período tão longo.

Pensando em tomar as providências para reembarcar, ele se sentiu melhor, esquecendo por um tempo os julgamentos solenes que invadiam a sua imaginação, e que terminavam na pena de morte para si próprio, sempre réu.

"E se me perguntarem se eu poderia ter regressado a tempo para o *U-199*, o que eu responderia?", volta a se torturar Werner, cada vez mais imerso em seus ciclos viciosos.

"Eu poderia ter regressado, respondo honestamente a mim mesmo. Bastava ter saído em carreira desabalada quando ouvi o ronco do avião inimigo, ainda a tempo de reencontrar meus trôpegos colegas a caminho da embarcação. Com certeza, só naquela hora estariam começando a melhorar dos efeitos da cachaça, por conta da quantidade de adrenalina jogada no sangue pelo pânico.

Não tomei tal atitude, porque não pretendia mesmo embarcar. E estava em total enlevo amoroso com Clara. Então sou culpado, muito embora a minha versão de espionagem tenha guarida no contato que fiz com Pedro Machado, um pró-nazi brasileiro."

"Por falar nisso, eu nunca me convenci de que ele não poderia ter me ajudado a contatar o *U-199*. Se agora eu conversasse com Pedro de novo, talvez ele se abrisse, funcionando como o elo que me falta para tentar voltar ao submarino. Não sei se Pedro participa da rede de espionagem, mas os agentes secretos nazistas deveriam ser muitos, tal a facilidade com que os alemães localizavam e afundavam um navio brasileiro após o outro, quase todos partindo em direção ao Hemisfério Norte, com suprimentos essenciais, numa época em que a situação na Europa era trágica para os aliados."

"Com facilidade marquei um encontro com o germanófilo Pedro, às três horas da tarde numa discreta confeitaria da rua Augusta chamada Iara, freqüentada por gente jovem voltando da escola, mas só mais tarde, a partir das cinco horas. Ele atrasou meia hora, período em que fiquei entretido observando um aquário cheio de peixes coloridos e borbulhas de oxigênio. Eles devem estar se sentindo num submarino", pensou Werner, observando as bocadas aflitas dos peixes contra as paredes de vidro do aquário.

Afinal Pedro deu as caras, e os dois passaram a conversar por duas horas, até que a algazarra da garotada do Colégio Elvira Brandão começou. Meninos e meninas estavam atrás de um sorvete da marca *Vamos*, precursor do *Eski-Bon*. Quando a gritaria começou, Pedro e Werner saíram da confeitaria, descendo juntos a rua Augusta, em direção à Estados Unidos. O mesmo sorvete volta a persegui-los, quando passa um furgão, descendo a Augusta em baixa velocidade, com os dizeres gravados no baú: "Quer sorvete? Mande-nos parar".

Naquela conversa da confeitaria Pedro começou recatado, muito reservado. Mas aos poucos foi se soltando enquanto sorvia um chá inglês – *Earl Grey* com limão –, acompanhado de torradas importadas da Argentina com geléia de morango. Ao terminar a sua segunda xícara, Pedro virou-se para Werner de supetão, assumindo uma atitude de conspiração: "Vou passar algumas informações a você, Werner, referentes à Capital da República, para onde você terá de viajar, para tentar contato com o *U-199*. Mas guarde tudo de cabeça, não anote nada", enfatizou, parecendo um agente secreto que de repente surgira à sua frente, de tão sério. "O importante é memorizar os dados que vou lhe ditar, com o compromisso de esquecer tudo, após fazer uso deles. Além disso, se você for interrogado, sequer me conhece. *Alles klar?*"

Desta vez a consciência pesada de Werner foi mais criativa, colocando a si próprio frente a um tribunal de guerra brasileiro, no prédio do Ministério da Guerra, na capital Federal, ao lado da estação da Central do Brasil. Sua fértil imaginação voou alto: "Sob um enorme ventilador no teto, que girava devagar, um jovem capitão me perguntava como era possível que eu falasse tão bem o português, sendo um suboficial alemão. Concluiu pela incrível eficiência dos nazistas no treinamento de idiomas, sem acreditar que eu pudesse ser um brasileiro nascido em Santa Catarina, o que me tornaria passível de condenação por alta traição à Pátria. Com medo, não insisti mais no assunto, mesmo em pensamento", prosseguiu Werner.

"Despedi-me de Pedro, seguindo suas instruções e recomendações, na estação do Norte, embarcando no trem diurno para a capital da República, o Rio de Janeiro. Rodrigo também estava lá, e me deu um forte abraço pedindo que eu voltasse a São Paulo e não esquecesse da nossa amizade. Apesar de ser ainda um menino, sem ter uma noção do que fosse uma guerra mundial, ele talvez tenha sido o único habitante daquela casa de São Paulo que me acolheu sem reservas, a intuir o drama de consciência com que me debatia, entre o meu dever para com a Marinha alemã, minha consciência de patriota brasileiro, e o meu papel de sedutor de uma menina virgem da Praia Grande, menor de idade, na barriga da qual eu sentia que meu filho se desenvolvia, embora não tivesse coragem para ir conferir."

No trem de São Paulo ao Rio, Werner teve dez horas e meia para prosseguir em seus pensamentos de autocondenado. Mas dessa vez ele tinha mais o que fazer: repetir mentalmente as instruções de Pedro Machado, que deveria aplicar tão logo chegasse à Capital, para que a sua estratégia desse certo.

Werner nunca tinha estado no Rio, mas não foi difícil encontrar um táxi para levá-lo até a pensão Dalila, um sobrado de 1891, bem defronte ao palácio, onde ele escolheu um quarto no andar de cima, dando para a bucólica rua do Catete. De noite, o barulho do bonde, com ponto bem em frente ao palácio, se destacava na rua com pouco movimento. Ali ele se instalou, tomou um banho e arrumou a bagagem. Ainda era cedo, e Werner começou a andar resoluto pelo bairro, sabendo aonde pretendia chegar.

Tinha informações de que Getúlio saía do palácio para caminhadas, sorrindo amavelmente para os transeuntes, mas sem dirigir-lhes a palavra. Se havia seguranças, além de Gregório Fortunato, a acompanhar o seu passeio, eram bem discretos.

A respeito do palácio do Catete ele já conhecia a história, embora tivesse curiosidade sobre como seriam o aspecto e a forma das águias pousadas na platibanda frontal do edifício. Tinham fama de mau agouro, reforçada pelo fato de que o barão de Nova Friburgo, o construtor do palácio que no início levava o seu nome, ter usufruído pouco tempo do imóvel, falecendo três anos depois da inauguração.

Eram sete as águias originais sobre o prédio, sendo cinco adornando o seu frontispício.

Por superstição de seu terceiro proprietário, Conselheiro Mairink, as aves acabaram sendo substituídas por vestais em ferro e bronze, representando Inverno, Primavera, Verão, Outono, República, Justiça e Agricultura. Por não poderem ser retiradas de outra forma, as águias, com asas de latão, foram arrancadas de suas bases e atiradas no parque dos fundos do palácio, dando lugar às estátuas clássicas.

Mas as figuras romanas assomaram o palácio somente por alguns anos, sendo substituídas por novas águias, no governo Afonso Pena, retornando a agourenta visão de uma revoada de aves negras de asas distendidas. A partir daí o Catete passou a ser conhecido também como Palácio das Águias.

Na primeira vez em que se debruçou na janela da pensão, Werner percebeu que tinha uma vista privilegiada, no mesmo nível de uma janela frontal do palácio. Considerando que Getúlio voltara a morar no Catete, ele poderia, com um pouco de sorte, flagrar o presidente dando uma olhadinha para o movimento da rua, embora o seu quarto de dormir ficasse no fundo.

De repente, olhou para cima, esperando vislumbrar algumas águias elegantes, como a norte-americana, com as asas fechadas e a cabeça, bico saliente, virada a noventa graus para o lado, até encontrar a asa. Tomou um susto ao dar de cara com cinco enormes e soturnas águias de latão escurecido, pousadas na platibanda da construção. De asas abertas, em prontidão para o vôo, tinham uma postura estranha, diferente da que se poderia esperar de uma escultura-égide do palácio. Só faltava o grasnar da graúna.

Para dar categoria ao palácio do governo, de onde partiam as mais altas decisões da República, melhor seriam aves bem comportadas, em posição estática, pensou Werner.

Agora era só uma questão de tempo: o marinheiro ficou observando o palácio por vários ângulos, sem levantar suspeitas de uma guarda palaciana que não parecia muito preocupada com a segurança do seu presidente.

Chegou a entrar numa loja de móveis, do outro lado da rua do Catete, puxando papo sobre uma falsa necessidade de mobiliar um apartamento em que iria morar, só para ter mais um posto de observação bem situado. Depois saiu a pé para explorar as ruas laterais do palácio. A da direita de quem olha é a Ferreira Viana, mas que não faz divisa com a sede do governo, não tendo muita serventia como posto de observação. Do outro lado sim, o palácio dava para a rua Silveira Martins, onde um parque bem arborizado, em estilo francês, ocupava o restante do quarteirão. Notou que, daquele lado, as janelas de vidro, acessíveis a um pedestre de estatura mediana caminhando pela calçada, eram muito frágeis, apesar de darem para o importante, e solene Salão Ministerial, onde se realizavam as reuniões dos ministros com o presidente.

Achou prudente explorar a rua seguinte, onde imaginou que chegaria direto até a Praia do Flamengo, de forma mais discreta. Passou em frente à igreja de sto. Antônio Maria Zaccaria, com medalhões de ouro sobre a madeira da porta de entrada, e chegou à rua Barão de Guaratiba. Descobriu, ao percorrê-la a pé, suando, que se tratava de uma ladeira, com desvio para a esquerda, só atingindo a orla depois de uma cansativa caminhada, até o Russel. Logo desistiu de encontrar um caminho mais discreto por ali.

Quando regressou à pensão, percebeu que a entrada principal do edifício, com um trinco de bronze representando um leão, só era aberta para solenidades oficiais. Passou então a analisar onde ficavam os guardas do palácio, no portão de entrada dos carros e no parque que ia do fundo do palácio até a praia do Flamengo. Mediu esse jardim de padrão europeu com os olhos, acompanhando a sua grade reforçada, com pontas de ferro. Reparou que o brasão, símbolo da República, disposto em diversos lugares, ao longo de toda a grade, também tinha em sua volta, agressivos espetos, como se fizesse parte da segurança.

Depois de tanta observação, chegou à orla, onde se sentou numa amurada frente ao mar, sentindo o prazer da brisa com maresia. Só então lembrou que não havia almoçado, e que a sua diária chamada de meia-pensão, incluía uma refeição.

Premido pela fome, apertou o passo em direção à pensão, aonde chegou com mais apetite ainda. Na sala de refeições devorou arroz, feijão, bife e purê de batatas duas vezes, após o que se recostou "só um pouquinho" em sua cama. Logo caiu no sono.

Quando se levantou já eram dez horas da noite. Mesmo assim Werner andou até a praia, continuando suas observações a respeito do palácio do Catete. Admirou-se com a quase ausência de segurança. As sentinelas do Exército mais faziam figuração do que se preocupavam com uma possível ameaça ao palácio do Governo.

Voltou-lhe, então, à memória, o blecaute que encontrara em São Paulo, e no Rio também, para prevenir um ataque aéreo, bem mais improvável do que uma invasão do palácio, via jardins, esta sim, plausível, pela falta de policiamento, numa rua do Catete quase deserta, àquela hora, onde o bonde já havia parado de circular. Concluiu que quem desejasse chegar até a figura do chefe supremo da Nação brasileira, não teria muita dificuldade.
Após vários giros pela frente e fundos do palácio, Werner considerou como feito o reconhecimento do seu alvo, do jeito que Pedro havia descrito.

De repente, tomou coragem e resolveu passar rente à fachada do palácio, onde observou um soldado sonolento em sua guarita.

"Não, minha intenção não era a de sinalizar para um submarino que estaria ao largo, nas redondezas. E que poderia seqüestrar o presidente do Brasil, embora esta ação pudesse ser um golpe mortal para os brios nacionais e dos aliados, desmoralizando um país do continente sul-americano que em breve teria soldados lutando ao lado dos norte-americanos, na Europa", pensou Werner.

A intenção dele era bem mais modesta, apenas contatar uma funcionária do palácio, também nascida em Blumenau e que havia morado na Alemanha por um bom período. Apesar da ancestralidade germânica, Berta Muller chefiava o grupo de empregados domésticos que servia ao presidente da República e sua família.

Sendo chefe, ela não usava o uniforme exigido dos empregados. Preferia trajar, por uma questão de elegância e status, vestidos, sempre decotados, de algodão multicolorido, com motivos florais, que ela, ligada à botânica, procurava identificar em caminhadas diárias pelos jardins do palácio. Observava também os diversos tipos de beija-flores que existiam no jardim, bem como suas preferências florais. Um dia se encantou ao descobrir um pequeno ninho da ave, revestido com uma trama que lembrava veludo marrom, elegante como o próprio bichinho. Aquela delicadeza contrastava com a agressividade do beija-flor de bico longo para com os intrusos, a quem procurava afastar do seu ninho com vôos rasantes, ruidosos pelo bater acelerado das asas.

Além do interesse pela flora e fauna brasileiras, os conhecimentos de Berta a respeito da Alemanha eram valiosos, numa época em que o presidente Vargas mostrava-se indeciso quanto a que lado apoiar na guerra, como aconteceu no discurso a bordo do Minas Gerais, em 1940, num almoço para generais e almirantes, quando muita gente pensou que Getúlio tinha optado pelo nazifascismo.Tudo dentro do roteiro traçado pelo presidente, que acreditava ser necessária uma certa dramaturgia na política.

Mas não era só o presidente que gostava de conversar com Berta. Alguns participantes de nível intermediário da política nacional, além de outros mais graduados, ficavam de prosa com a catarinense-alemã. Dizia-se que ela tinha acesso ao presidente Vargas e a seu filho Lutero, um médico formado na Alemanha, com quem praticava o idioma de Goethe. Comentava-se na corte que os interesses dele por Berta iam além da prática do alemão, ou dos conhecimentos geopolíticos que aquela alemãzinha rechonchuda trazia consigo.

Na primeira oportunidade, Werner deu de presente para um sonolento guarda do palácio, chamado Victor, uma latinha de balas de cevada, comprada ali mesmo na rua do Catete, para animá-lo a se interessar pelo seu assunto. Delegou-lhe a missão de contatar Berta em seu nome, para que os dois conterrâneos pudessem marcar um encontro, a sós, onde iriam rememorar momentos passados em sua cidade natal, Blumenau.

Depois de muita conversa, Victor prometeu que falaria a respeito com ela, quando fosse sua folga. Assim ele fez. Abordada pela sentinela, Berta estranhou bastante aquela história de um conterrâneo chamado Werner, que precisava falar urgente com ela.

Em seguida, advertiu Victor para a importância de sua missão. Ressaltou que nenhuma das sentinelas deveria dar ouvidos a quem puxasse conversa do lado de fora da grade do palácio. "Afinal, tratava-se da segurança e privacidade do presidente da República", enfatizou, de cenho cerrado, encerrando o assunto.

Berta tinha uns 31 anos, era loura, cabelos lisos e desbotados, tez clara, nariz afilado, seios que saltavam do decote, orelhas pequenas e delicadas, olhos azuis claros, coxas grossas, ancas e cintura largas, rabo de cavalo preso por uma fita de lã azul. Acima de tudo era forte, impondo respeito com sua postura marcial.

Depois da reprimenda que passou na sentinela, teve um momento de fraqueza e ficou pensando como seria bom conversar com alguém criado na mesma cidade que ela, provavelmente tomando sorvete na confeitaria do Hotel Holetz, como ela própria. Lembrou-se até do nome da senhora que servia naquela confeitaria, por coincidência sua xará, Bertha, com h. Por associação de idéias veio-lhe à mente a imagem de seu último namorado, de tantos anos atrás, bem antes de ela embarcar para a Alemanha. Passou pela sua cabeça a idéia de que esse tal de Werner, cujo nome Victor havia lhe informado, de repente não poderia virar seu namoradinho no Rio de Janeiro, livrando-a do assédio persistente do filho do presidente da República, que, aliás, tinha fama de muito bravo, além de conquistador. Logo afastou esses pensamentos atrevidos, como se ela tivesse se tornado uma propriedade da nação brasileira, sem liberdade nem mesmo para um devaneio, já que morava no palácio do Catete.

Passada a primeira frustração, Werner insistiu com a sentinela, levando-lhe outra guloseima, um chocolate chamado Diamante Negro.

Victor, embaraçado, e morrendo de medo, voltou a falar com Berta.

Para surpresa dele, desta vez, com ar entre ofendida e entediada, ela marcou um encontro num banco da praia do Flamengo, a três quadras de distância do palácio, com aquele que se revelaria tripulante do *U-199*.

Werner chegou uma hora antes, com medo de se atrasar, hipótese nada plausível, considerando que já conhecia todos os meandros do bairro do Catete, depois de uma quinzena de ócio, em que só pensava no encontro com Berta, objetivo de sua missão, que, finalmente, seria no dia de hoje.

A primeira sensação de cada um ao experimentar pela primeira vez a companhia do outro, foi agradável. Sentaram lado a lado num banco da praia, apreciando a leve arrebatação.

Os primeiros momentos foram gastos no reconhecimento do terreno, isto é, discutiram pequenos detalhes para identificar a proveniência de cada um. Ela estava com um dos seus vestidos de algodão com motivos florais, com predominância do amarelo e do vermelho, e uma sandália branca que deixava seus compridos dedos dos pés à mostra. Werner reparou como eram bem feitos, alongados e com as unhas bem tratadas, com esmalte incolor.

Cedo se convenceram de que o outro era mesmo de Blumenau, sendo que Werner arriscou lembrar de tê-la visto uma vez, na saída da escola, o que Berta interpretou apenas como gesto de boa vontade e galanteria dele. Desistindo de maiores lembranças de infância, o marinheiro concordou que eles poderiam ter sido contemporâneos, mas não colegas, visto que Berta era bem mais velha que ele, observação que guardou para si.

A primeira vez em que ela pronunciou o seu nome, com o erre carregado e a tônica na primeira sílaba, Werner sentiu-se bem, como se um pedacinho dela já lhe pertencesse.

Logo se controlou e deixou de lado essas considerações de caráter pessoal que em nada iriam colaborar para resolver o pepino que tinha nas mãos, o de embarcar, como desertor, num submarino alemão, colado à costa brasileira, em águas inimigas, e muito bem patrulhadas por aeronaves dos Estados Unidos e do Brasil.

A partir daí Werner puxou uma conversa muito longa, em alemão, sobre sua estadia na Europa, só para ver se Berta também falava de sua passagem pelo Velho Mundo. Mas a moça acabou perdendo a paciência com a lengalenga: "Werner, você às vezes parece um indefeso garoto recém-chegado de Blumenau, às vezes parece ter grande interesse pelo que está acontecendo na Europa e na nossa Alemanha. Afinal, qual é a sua?".

Aquele pronome possessivo com que ela se referiu à Alemanha encheu-o de coragem e ele resolveu dizer por que a havia procurado, omitindo o nome de quem a indicara como pessoa a ser contatada no Rio.

Apesar de amedrontado, Werner passou a descrever as suas peripécias navais, com detalhes, esperando pela reação de Berta, que tanto poderia querer ajudá-lo, como chamar um guarda para encarcerá-lo, como traidor da pátria brasileira.

Suas últimas palavras antes de ouvir o que ela tinha a dizer foram: "agora não sei se volto para a Praia Grande à procura da namorada que deixei por lá, ou se tento contato com o *U-199* para reassumir o meu posto, apesar de que o nosso submarino deva andar por aí, afundando navios brasileiros".

Berta, no primeiro momento, ficou desnorteada com tantas revelações e dúvidas de Werner, ela que tinha a mesma divisão de sentimentos em relação a que pátria servir, com o pêndulo naquele momento pendendo mais para a Alemanha, em função de ser o contendor mais próximo da vitória, sendo sempre mais fácil aderir ao vencedor, que ao derrotado. Logo se reaprumou, e cutucou Werner, com voz firme: "afinal você está precisando de um conselheiro sentimental para resolver o problema da sua suposta grávida da Praia Grande, ou de algum agente que possa se comunicar com o seu submarino? Quais as suas reais intenções, qual o seu número de série e o ranking na Marinha alemã? Traz documentos da Marinha consigo?".

Por um momento Werner se sentiu acabado, com a sensação de frio na espinha quase igual à que experimentava quando as bombas de profundidade explodiam à volta do submarino. Como se tivesse levado bronca da professora.

"E se ela fosse um agente duplo, arrancando de mim todas as informações de que necessitava para levar-me à corte marcial, não sei se na Alemanha, Estados Unidos, ou Brasil?"

A insegurança era tanta que Werner tirou a máscara por completo: "afinal Berta, você consegue contato para que eu me reintegre ao *U-199*?". Falou e ficou esperando a resposta dela, mordendo com força as juntas dos dedos, médio, e indicador. Mesmo porque o assunto sentimental ela não poderia resolver por ele.

Para ele, estava decidida a questão: as coisas se encaminhavam para que ele se reintegrasse à Marinha alemã, mesmo na qualidade de desertor.

Após longo silêncio, deu-se a transformação da parte de Berta. Começou por soltar o rabo de cavalo, girando a cabeça com energia por duas vezes, para que os cachos caíssem sobre os ombros. Por que fez isso? Werner não entendeu, é como se fosse um rito de passagem de funcionária do palácio do Catete a agente nazista, ou vice-versa.

"Incrível", pensou Werner, "como é possível que uma espiã fique morando no palácio do presidente da República do Brasil, em plena guerra? Só pode ser coisa do filho do presidente, que parece ser doidinho por ela."

"Berta deve ser altamente graduada na organização secreta nazista", pensou, enquanto ouvia, com respeito total, suas últimas instruções, antes que se separassem naquela noite. "Daqui a dois dias, neste mesmo lugar, voltamos a conversar às duas da manhã.

Duas da manhã", repetiu para ver se o marinheiro tinha entendido bem.

Com dor de cabeça de tanta emoção, Werner seguiu com passos acelerados até a pensão Dalila. Deitou na cama por sobre a coberta, sem tirar os sapatos. Mal teve tempo de entrar no habitual pensamento hiperbólico para discutir consigo mesmo se tinha escolhido a melhor opção para sua vida, e já estava dormindo profundamente, sem escovar os dentes.

Capítulo 16

Bombardeado o U-199

"Em princípio, todo comandante de submarino, tendo em vista a possibilidade de um dia ser cercado por forças inimigas, deve planejar e preparar em detalhes a sua autodestruição, por meio de explosivos, especialmente se a situação se configurar em águas rasas."

NA VÉSPERA DO ENCONTRO, Werner foi dormir cedo, já que tinha que se reunir com Berta às duas da manhã, na deserta praia do Flamengo. Por alguns momentos, voltou a suspeitar da conterrânea. Quem sabe, ela não estaria preparando uma cilada para quando ele chegasse ao esperado encontro.

A emoção era tanta que ele não conseguiu dormir. Pegou um Jornal dos Sports, impresso em papel cor-de-rosa, e ficou tentando identificar os jogadores que havia visto na Copa do Mundo de 1938, na França, e que ainda estavam em atividade.

Essa forma de passar o tempo era tão desinteressante, que Werner caiu no sono. Por sorte acordou, dez minutos antes das duas da manhã, e saiu em desabalada carreira pela rua do Catete em direção à praia do Flamengo. Chegou ofegante ao lugar combinado, no momento em que a pontual Berta despontava na esquina da praia.

Naquela situação ela foi bem lacônica, nem mesmo deu boa noite, ou bom dia, como seria o caso. Emitiu apenas uma frase seca: "siga-me". E, para surpresa de Werner, dirigiu-se justamente para o palácio do Catete, cujas proximidades, julgava, ela desejaria evitar.

Na cabeça de Werner, os dois estavam preparando uma conspiração secretíssima, que faria um suboficial alemão, ajudado por uma espiã nazista, embarcar num submarino operando nas cercanias da capital federal de um país em guerra com a Alemanha.

Berta prosseguia sem vacilar, aproximando-se da entrada lateral do palácio, por onde passam os carros oficiais. Quem estava na guarita era o Victor, que se empertigou e apresentou armas para ela, uma espécie de primeira-nora, para a guarda palaciana.

Saindo inteiramente da disciplina militar, Victor deu uma maliciosa e insinuante piscada para Werner quando ele passou com Berta, ao lado da guarita.

Berta passou por um segundo guarda, que lhe abriu as portas do edifício principal, com um leve aceno de cabeça. Resoluta, chegou até o hall principal de entrada, frente a uma suntuosa escada de bronze, suspensa, com degraus de mármore, tendo acesso aos dois lados do primeiro andar, caminho para o quarto de Getúlio. Nas laterais, pesadas estátuas clássicas pretas, em bronze, e luminárias esféricas sobre postes de ferro fundido. Cobrindo as paredes, afrescos coloridos, sem deixar espaço para nenhum outro objeto de decoração. Nos tetos, uma série de alto-relevos entremeados de pinturas clássicas.

Werner ficou impressionado e aturdido com o *bric-a-brac* de decorações e estilos que o palácio apresentava. Olhando para o chão, deu com o piso da entrada em pastilhas bizantinas, com predomínio do verde, azul e marrom.

De repente acordou de sua incursão pelas artes do palácio para atender a um chamado enérgico de Berta: "você está aqui para trabalhar ou fazer turismo?".

Em seguida, a alemã, totalmente familiarizada com a planta do edifício, entrou resoluta por um corredor no alinhamento da entrada do palácio. Abriu a porta de uma sala com naturalidade acendeu as luzes, e fez um gesto para que Werner entrasse primeiro. Era uma sala de reunião, de tamanho médio, pé direito muito alto, com enorme quadro de Pedro Américo ao fundo, representando uma família a bordar uma enorme bandeira brasileira, estendida por toda a extensão da tela. Sobre uma mesa que ocupava o centro da sala, ele vislumbrou doze pastas, com o brasão da República, cada uma correspondendo a um ministério, cuja denominação estava gravada em ouro sobre cada pasta. Na cabeceira da mesa, a décima terceira pasta era a do presidente da República.

Werner se deu conta, então, de que estava na sala de despachos em que são tomadas as mais altas decisões sobre os destinos do Brasil, incluindo os assuntos ligados à guerra, da qual ele era um ativo participante, por acaso do lado oposto ao do seu próprio país.

De soslaio olhou para as pastas dispostas sobre a mesa de reunião, e observou, em fração de segundo, que aquela que tinha a lombada mais desgastada era a do Ministério da Saúde. Fora de hora e do contexto, perguntou a Berta: "quem é o ministro da Saúde?". "Mario Pinotti", respondeu ela, sem pensar. "Trabalha muito", completou Werner, sem que ela entendesse o porquê da observação.

Novamente, a ação rápida de Berta não lhe deu muito tempo para meditar. Ela agora enfiava uma chave comum que tirara da bolsa, na fechadura da porta dos fundos daquela sala de despachos, que dava para os jardins do palácio. Havia ali um pequeno terraço cercado por pilastras, e uma escada de quatro degraus, um pequeno desnível até o parque que se estendia à praia do Flamengo.

Resoluta, desceu os degraus aos saltos, tirando a concentração de Werner, que vinha atrás, ainda imerso nas sensações fortes por que estava passando. O resultado é que o marinheiro tropeçou, torceu o pé, caiu. Começou a gemer, na entrada do jardim repleto de altas palmeiras, frondosas mangueiras e intrincadas figueiras, entre caminhos cheios de estátuas, pequenos lagos artificiais, e gazebos.

Não deu nem tempo de pensar qual seria o próximo passo da alemã. Mais um salto, e ela segue em direção ao lado direito do jardim, até uma gruta de pedras sobrepostas, estilo Gaudi, onde no centro cai uma cortina d'água contínua, alimentando os lagos do parque. Sem vacilar, desce dois degraus e entra numa fenda lateral da fonte, muito escura, à direita da pequena queda d'água. Por minutos desaparece lá dentro. Volta com um volume pesado nas mãos, enrolado numa flanela amarela. Aberto o volume, puxa um longo fio elétrico, e liga-o a dois fios desencapados que apareciam sob uma luminária do jardim, ao lado da gruta. Deu para vislumbrar a antena niquelada que saía do volume que ela tinha em mãos, e também o tamanho das válvulas por trás do rádiotransmissor, denunciando a sua potência. Naquele instante, o coração de Werner disparou, descompassado, como se fosse ele o espião, e não um suboficial combatente da Segunda Guerra Mundial, com número de série, e tudo.

Enquanto isso, Berta mantinha a fleuma. Deu alguns passos para trás e se colocou entre duas enormes figueiras, escondida de quem porventura passasse pelo caminho principal do jardim. Depois, se deu conta de que Werner se encontrava ainda perplexo, sem cobertura, nem reação, enquanto ela já colocava o rádio em funcionamento. Chamou-o para que ficasse a seu lado, protegido de vistas indiscretas.

Werner se encostou, ainda com o pé doendo, em uma palmeira sem folhas, meio morta, que havia entre as figueiras. Não pôde deixar de notar bem à sua frente uma escultura naturalista romântica, representando um índio de bronze a asfixiar uma enorme cobra pelo pescoço, para aflição do réptil, de boca escancarada. O índio da escultura, rechonchudo como Berta, tinha uma pulseira grossa fixada no antebraço, e uma espécie de cocar estilizado funcionando como coque no alto da cabeça.

O detalhe daquele pé torcido não impressionou à fria espiã, que fingiu não ter percebido a dificuldade com que ele andava desde a queda. Fingiu também que não tinha ouvido seus gemidos.

Em seguida, Berta estendeu o fio da antena, prendendo-o num emaranhado de galhos altos da figueira do lado esquerdo. Para alcançar aquela altura, precisou ficar na ponta dos pés com os dois braços bem esticados, ressaltando o volume dos seios, o que não passou despercebido por Werner. Apesar da dificuldade, ela não pediu auxílio. Desejava demonstrar a sua teutônica e feminina auto-suficiência.

Insistiu para que o companheiro naquela aventura ficasse mais próximo da figueira, o melhor lugar daquele esconderijo meio precário, dentre as árvores e plantas do jardim.

Werner sentiu-se um inútil, com uma mulher daquelas, bonita e cheia de curvas, fazendo um trabalho profissional dos mais sérios e proficientes, tudo em benefício dele. "Posso ajudar em alguma coisa?", perguntou, sem nenhuma convicção. Não obteve resposta, a não ser a do pé, que seguia latejando.
Pensou na incrível presteza com que Berta completara as ligações dos fios. Concluiu que ela devia ter curso de instalações elétricas, também.

Em pouco tempo já se podia ouvir nitidamente aquele som inconfundível, o pi, pi, pi do telégrafo.

O conhecimento que Werner tinha do código Morse era suficiente para entender que ela estava entrando em sintonia com o *U-199*, sendo que depois de uns dez minutos já dava para perceber mensagens indo e voltando, portanto estava feito o contato!

Naquele momento o velho calafrio da insegurança e do medo voltou a percorrer a sua espinha dorsal. Afinal, ele queria muito regressar ao submarino e encontrar a sua turma. Queria mesmo?

Berta continuava entretida na transmissão e não deve ter reparado em nada, mas Werner viu, apesar da escuridão, ou pensou ter visto, um vulto passando pelo caminho do jardim do palácio do lado da rua Silveira Martins. Nervoso, comentou entre dentes: "Berta, vi um negro alto, passando pelo meio do jardim e tenho certeza de que ele virou a cabeça para o nosso lado, atraído pelo barulho da transmissão de rádio".

Foi o suficiente para que ela desligasse e desmontasse rapidamente o equipamento. Em poucos minutos já estava tudo protegido pela flanela, dentro da gruta, onde ela havia escondido o rádio para a transmissão secreta.

Já deviam ser quase quatro da manhã quando o casal saiu pelo fundo do palácio, que dá para a praia do Flamengo, em marcha acelerada comandada por ela, enquanto Werner claudicava, gemia, e pedia para andar mais devagar. Foi só na frente do guarda dos fundos que a marcha diminuiu, para disfarçar. De novo ela passou pela sentinela, incólume, apesar do horário pouco habitual.

Saíram à rua, viraram à direita e caminharam, em direção a Botafogo, até darem com um automóvel estacionado na esquina da Ferreira Viana.

Era um Ford 1939, cupê, preto, a gasolina, com um motorista louro de olhos azuis ao volante, aparentemente à espera do encontro preparado de antemão pela eficiente espiã. Berta falou com ele em alemão, com a maior naturalidade, sendo que Werner, como sempre apavorado, olhou para os lados, para só então cumprimentá-lo também em alemão, num sussurro.

Dentro do carro, quando ela resolveu explicar o que estava acontecendo, começou a falar com Werner em português, com toda a desenvoltura e sem reservas, o que o fez acreditar que o motorista, ou agente secreto alemão, ao volante, não falava a língua do país: "Werner, estamos indo para o Cais Pharoux, onde você vai embarcar numa lancha cujo nome é *Charade*, até um ponto próximo à Ilha Grande, numa viagem de pouco mais de três horas daqui do Rio. Lá chegando, o Michael, que estará comandando a lancha, dirá aquilo que você precisa saber para prosseguir em sua missão. Quanto a mim, vou descer aqui mesmo, disse Berta bruscamente, mandando o carro parar". Era o centro da cidade, próximo ao edifício Monroe, do Senado Federal.

Em vez de um provável *Heil Hitler*, que combinaria com a pompa e as circunstâncias do momento, Berta deu um longo beijo molhado na boca de Werner, enquanto acariciava seu rosto com as duas mãos. Resoluta, desceu do carro em seguida, deixando o marinheiro brasileiro aturdido e sem fala. Ele ainda tentou dizer que saíra da pensão, sem pagar a conta, e sem pegar a bagagem. Não deu tempo.

Pouco depois, o Ford parava na beira do cais, onde uma elegante lancha Cris Craft americana, esperava por ele na madrugada. Tinha 36 pés de comprimento, com as insígnias do Yatch Clube do Rio de Janeiro, reluzentes em sua madeira claro-escura envernizada. Na popa da lancha, bem amarrados por cordas, diversos tambores de gasolina indicavam que a viagem seria longa. O comandante, único tripulante da embarcação, e o motorista do carro que trouxera Werner, também se cumprimentaram em alemão.

Quando o suboficial do *U-199* entrou na lancha, sentiu uma agulhada no tornozelo inchado, mas disfarçou. O chofer do Ford desejou-lhe boa viagem, boa missão, e partiu.

Naquele momento Werner teve certeza de que assim como ele partia para uma missão que parecia sem retorno, Berta também jamais voltaria ao palácio do Catete. Teria sorte se não fosse presa pela polícia de Getúlio.

No pouco tempo que tiveram para conversar, do início da operação do telégrafo, até o beijo de despedida, Berta disse a Werner que a descrição daquele negro alto que ele vira, apesar da escuridão, combinava com a figura do fiel guarda-costas de Vargas, o anjo-negro Gregório Fortunato. Segundo ela, cada vez mais convencida do seu próprio papel decisivo na história do Brasil, foi esse guarda-costas do presidente que impediu que o país entrasse na guerra do lado da Alemanha. "Eu tinha livre acesso ao presidente Vargas, e desfilava argumentos em favor da causa nazista. Percebia que ele ficava bem impressionado e influenciado por mim, e até atraído fisicamente. Acontece que esse Gregório, muito ladino, desconfiava que eu fosse espiã, e recomendou a Getúlio Vargas que não conversasse mais comigo, o que ele fez, começando a me evitar. Assim, o Brasil acabou por entrar na guerra do lado dos aliados."

Werner ia pensando nessa história pretensiosa que Berta lhe contara, onde os destinos do Brasil na Segunda Guerra Mundial teriam estado em suas mãos.

"Que coisa mais maluca, nunca vi alguém mais autocentrado do que esta mulher", pensou Werner, enquanto a viagem de lancha seguia tranqüila, sobre ondas largas e espaçadas.

Já estavam deixando a baía da Guanabara, rente ao Pão de Açúcar, com o timoneiro Michael procurando dar um rumo mais ao norte do que pediria o trajeto direto do Rio à Ilha Grande. "Para evitar que a lancha gire em torno de seu eixo longitudinal, em que o barco parece uma cadeira de balanço. É mais desagradável do que o enfrentamento frontal, onde a proa sobe e desce de acordo com o quebrar da quilha nas ondas, mas sem provocar grandes enjôos. Esta lancha precisava ter mais lastro", pontificou Michael, sem ser questionado.

Quando Werner percebeu que o comandante da lancha estava preocupado com ele, tentando minorar os efeitos do balanço do mar, teve certeza de que ele não conhecia sua história e seu currículo. "Esse comandante não deve ter passado, em toda sua vida no mar, nem dez por cento do que eu já enfrentei de oceano enfurecido dentro de uma lata de sardinha chamada submarino", pensou. "Disse dez? Nem cinco por cento."

Em todo o trajeto, apenas um avião Catalina da Força Aérea Brasileira foi avistado pela *Charade*, mas nem chegou a dar uma volta inteira de reconhecimento no início da manhã: aquela era uma típica e indefesa embarcação de esporte e lazer, acima de quaisquer suspeitas, comum na baía de Guanabara, até começar o racionamento de combustível.

Finalmente chegaram à Ilha Grande. Jogaram o ferro na praia de Lopes Mendes, uma das mais bonitas de toda a costa, uma espécie de Copacabana virgem, com areia branca tão fina, que apita quando a gente caminha. Werner resolveu tomar um banho de mar, enquanto o restante da missão, sobre a qual Michael mantinha total discrição, não se desenrolava.

Enquanto furava as ondas de águas translúcidas cheias de bolhas de oxigênio, com um grande sorriso nos lábios, vislumbrou um homem descendo de uma pequena duna que havia na praia, em rápida corrida, na sua direção. Werner gelou. Sentiu-se indefeso, nadando pelado. O habitante local, que se chamava Manuel, chegou junto ao subcomandante catarinense ofegante e afobado, o que indicava que ele precisava manter contato com alguém, e com rapidez, àquela hora da manhã.

Aquela atitude nada hostil acalmou o sempre apavorado Werner, que cobria as vergonhas com um boné encontrado no *Charade*. Por um momento chegou a pensar que o moço fosse grumete da Marinha do Brasil, que estava ali para adverti-lo de que havia alguma embarcação estranha nas proximidades.

Mas não, ele disse que era da ponta dos Castelhanos, ali perto, e que cuidava, junto com uma guarnição e respectivas famílias, de um farol marítimo que ficava bem na ponta da Ilha Grande.

Mas o assunto que o trazia revelou-se bem mais prosaico do que Werner imaginava. Falando alto e de forma entrecortada, com um sotaque esquisito que lembrava o castelhano, Manuel puxou um assunto meio ininteligível para quem estava em meio a uma missão de guerra, numa lancha rápida, à espera de grandes acontecimentos internacionais que ainda deveriam ocorrer, naquele dia, com risco de vida para todos os envolvidos.

Michael, vendo a cena de longe, deixou a lancha, para fazer companhia a Werner. Chegou preocupado, ao encontrar aquele surpreendente e inesperado visitante.

Com o barulho do mar ao fundo, os dois precisaram fazer concha nos ouvidos com as mãos, para conseguir entender o que Manuel desejava, embora Michael não entendesse direito o que estava sendo dito em português.

É que havia uma epidemia de conjuntivite naquela praia, e ele estava atrás de algum remédio que pudesse passar nos olhos, pelo menos para que as pálpebras não grudassem pela manhã, ao despertar. Segundo Manuel, era um perrengue abrir os olhos, até para enxergar o caminho do banheiro. O jeito era ir tateando pelas paredes, até chegar à pia, para fazer uma lavagem com água doce, o único jeito de descolar os olhos.

Enquanto Michael, por pura amabilidade, procurava na caixa de pronto-socorro da lancha um colírio que sabia não existir a bordo, Werner sugeriu que o pessoal atacado pelo surto de conjuntivite, "toda a praia", como dizia Manuel, procurasse lavar os olhos com água pura de algum riacho que deveria existir por ali, receita solenemente ignorada pelo ilhéu, para o qual só servia mesmo remédio de farmácia.

Enquanto falava, Werner vislumbrou, a muitas milhas de distância, em meio à bruma, a inconfundível silhueta negra do U-199 emergindo, com o típico repuxo de água do mar respingando para todo lado. Coração em disparada, esqueceu do pé torcido e correu para a lancha, acompanhado por Michael, deixando para trás o intrigado Manuel e sua conjuntivite.

Numa reação instintiva, começou a puxar a poita que prendia a lancha à areia do fundo, de pouca profundidade, enquanto Michael se lançava para dentro da cabina, em busca do rádio-transmissor. Alguns minutos depois, enquanto Werner ainda não havia terminado de puxar o ferro, Michael saiu da cabina dizendo: "calma, marinheiro, o comandante Herberger acha muito desprotegida a área em que estamos, e vai submergir de novo, tendo me passado um novo ponto de encontro mais para a frente, a setenta milhas daqui".

Ao ouvir o nome de seu respeitado comandante, as pernas de Werner bambearam: "e se ele me mandar para uma corte marcial na Alemanha, como desertor?", pensou, outra vez apavorado.

Com o binóculo, observou por alguns minutos a escotilha do submarino ainda aberta, pouco antes de submergir. Viu um grupo de marinheiros e oficiais na torre de comando, que sabia serem seus colegas. Lembrou das fisionomias de um por um dos companheiros, Herberger, Turek, Walter, Rahn, Kohlmeyer, Schaefer, embora fosse impossível reconhecê-los daquela distância.

Dali para frente, Michael pilotou a lancha por mais três horas e meia, na direção que combinara com o submarino. Então desligou o motor, deixando a embarcação silenciosa, a não ser pelo barulho das marolas batendo no casco.

A *Charade* ficou à deriva por meia hora, até que Michael vislumbra o *U-199* emergindo de novo, dessa vez um pouco mais perto da lancha, mas ainda bem distante. Vê um bote de borracha sendo baixado em direção à água, aparentemente para recolhê-lo.

Fica constrangido ao pensar que todo o risco que aquele grupo de 53 homens está correndo tem como única justificativa resgatá-lo, ele mesmo, um suboficial ingrato, desgarrado do grupo, desde a insólita aventura da cachaça na Praia Grande.

De repente, um tremendo susto: dois aviões, um Catalina da FAB, o mesmo que havia sobrevoado o *Charade* muitas horas antes, e um Hudson, da Força Aérea Americana, passam roncando grosso, em vôo rasante, sobre o *U-199*.

Pela manobra que executam, Werner percebe que o ataque era iminente, após a curva de grande inclinação que o primeiro avião começa a fazer naquele mesmo instante. Foi quando julgou ter ouvido um grito de "Alarm", apesar da distância, dando ordens à tripulação para que descesse em poucos segundos pela torre do submarino. Na verdade, só pode ter sido imaginação dele, pois o submarino estava longe da lancha, não daria para ouvir. Aquele grito de "Alarm" seria apenas uma reação de seus neurônios bem treinados. Naquela situação dramática, o berro do comandante estava mais para "abandonar o submarino" do que para "Alarm".

De fato, ele mal quis olhar quando o hidroavião com as insígnias da FAB - Força Aérea Brasileira volta, e despeja suas bombas sobre o *U-199*.

Vê uma delas acertar em cheio o bojo do submarino, fazendo voar pedaços do casco preto, e um canhão, arrancado do convés, que afundou no mar rapidamente, criando um refluxo na água, de altura considerável.

Werner fica arrasado com a triste ironia de que era testemunha. Ele, um marinheiro brasileiro, ao mesmo tempo suboficial alemão, testemunhando o ataque mortal de um avião brasileiro contra o submarino que habitara por tanto tempo, como sua própria casa.

Mesmo sem olhar, apenas pelo deslocamento de ar, o cheiro de produto químico queimado e pelos estalidos do casco em chamas, era possível saber exatamente o que estava acontecendo com a embarcação que – Werner agora ele tinha certeza – tinha vindo buscá-lo, apesar de ser um suboficial enquadrado na categoria de desertor, sentença que acreditava poder reverter.

Ele, que até o fim da vida, não se perdoaria por alguma vida do *U-199* que houvesse sido perdida, o que considerava como cem por cento culpa sua, como era do seu feitio.

Michael, menos envolvido emocionalmente com o acontecimento, pôde esclarecer, no final do dia, para um combalido e confuso Werner, como os fatos haviam acontecido.

Quem atacou primeiro foi o Hudson, mas suas bombas caíram no mar. O avião americano passou, então, a metralhar o submarino, cuja guarnição respondeu com o fogo das armas antiaéreas de bordo. Então veio o Catalina brasileiro, que, depois se soube ser o *Arará*, com o segundo tenente aviador Alberto Martins Torres no comando. Mordendo os lábios de emoção, o piloto realizou dois ataques consecutivos, com três bombas lançadas no primeiro e duas no segundo. O *U-199* estremeceu e começou a soltar um rolo de fumaça preta pela popa, semelhante ao ocorrido com tantos navios que pusera a pique.

Naquele momento a imagem de Herberger, com quem Werner tinha aprendido tanto, surgiu muito nítida em sua imaginação. O comandante do *U-199* se debatia sob o jorro de água do mar que entrava pela torre, e inundava o casco, ele, o último a sair, como manda o manual do comandante, quando o calor das chamas tornava inviável a sua permanência na torre do submarino. Werner rezou para que a imagem que estava na sua cabeça não fosse realidade, apenas um pesadelo.

Seria o primeiro e único afundamento comprovado de um submarino inimigo, pela FAB.

Quando o *U-199* começou a ir para o fundo, pela popa, Werner deixou o binóculo de lado. Suas lágrimas embaçavam o visor e não permitiam que ele continuasse a acompanhar aquela cena triste, dramática, e tão chegada a seu coração.

Foi então que pôs para fora a sua emoção, soluçando alto, enquanto tremia todo. A ponto de o frio e reservado Michael ter largado a direção da lancha, para abraçá-lo.

Enquanto isso, a tripulação que estava no bote arriado do submarino permaneceu embarcada, não chegou a voltar ao *U-199*.

Nessa hora deve ter valido a grande experiência de Herberger, quando ele deu a ordem, para o restante da tripulação, de abandonar a embarcação, no último minuto em que isto ainda era possível. Mais tarde, cumprida a sua missão de destruição, o Catalina generosamente lançou um bote de borracha próximo ao *U-199*, utilizado de imediato por alguns homens da tripulação, que davam braçadas no mar.

Acabrunhado com sua responsabilidade indireta pelo afundamento do submarino em que estava alistado, Werner, denotando uma certa covardia pelo resto da vida, afirmava que nunca tivera coragem de apurar se houve perdas de vida naquele afundamento, para decepção do escritor Rodrigo, que ouvia tudo com os olhos redondos de tanta atenção. "Quantos morreram?", perguntou ele em Blumenau, quase 60 anos após o final da guerra.

O subcomandante do *U-199* respondeu que tinha optado por não saber. Só foi informado, anos mais tarde, por fonte segura, que Herberger estava bem, e vivendo em Hamburgo, na Alemanha, segundo sua versão. Mas Rodrigo achava que Werner sabia mais, e voltou a indagar: "quantos cabiam nos botes de borracha?".

Werner reafirmou que não tinha idéia das respostas.

Até então o velho marinheiro mantinha uma aparente serenidade, Rodrigo ouvia em silêncio.

De repente, cobriu o rosto com as duas mãos, e, aos soluços, explodiu, com frases desconexas, pouco inteligíveis, num estranho e inédito tom agudo de voz. Impressionado com a reação intempestiva do amigo, Rodrigo procurou acalmá-lo, ao mesmo tempo em que tentava decifrar o que ele dizia:

"Preciso lhe dizer, que encomendei um livro (*U-Boats* de David Miller, Brassey's, Washington, D.C.), faz uns quatro anos. Está em minha casa, em Blumenau, e eu sofrendo em silêncio esse tempo todo, fingindo não saber de nada, apesar da revelação que o livro contém. É um volume pesado, de capa dura, cheio de ilustrações e fotos do nosso tempo no mar. Custou mais do que quarenta dólares. Lá está, página 176, uma fria lista com o destino de cada submarino envolvido na Guerra."

Rodrigo deu um tempo para que ele conseguisse se recuperar. Ficou com medo de que o velho tivesse um troço, pela emoção extrema que punha para fora naquele instante, pela primeira vez na vida.

"Está lá", prossegue Werner, "*U-199*, tipo IXD2, fabricado pela Deschimag, comissionado em 1942, afundado em 24 de junho de 1943, ao largo da costa do Rio de Janeiro, pelo avião da Marinha americana VP-74, e um avião brasileiro. No comando, o capitão Herberger, falecido".

Depois disso, engasgou de novo, chorando manso por longos cinco minutos, com grossas lágrimas deslizando pelo rosto. Parou de falar, antes de revelar a razão maior daquele sofrimento atroz. Rodrigo ficou com muita pena do velho, e pensou, sussurrando para si mesmo. "Será que um ser humano não consegue se livrar de um pecado que julga ter cometido, mesmo que há seis décadas? Não há psicanálise ou meditação que possa dar jeito?"

Ato contínuo foi apanhar um copo d'água com açúcar para o amigo. Mexendo o tempo todo com a colher, o velho foi sorvendo o calmante caseiro aos pouquinhos.

Um pouco mais controlado, disse: "Os frios números, Rodrigo, são terríveis, uma eterna condenação para mim. Está no livro, página 177. Da tripulação original de 54 marinheiros, morreram 50, e se salvaram 12, totalizando 62 pessoas a bordo. O que me leva a crer que, num gesto proibido de solidariedade, talvez por minha causa, Herberger tenha recolhido oito sobreviventes do navio brasileiro que pusera a pique por último".

Começou então a chorar de novo, agora pelo gesto nobre que seu amigo comandante havia praticado em favor dos brasileiros, segundo sua própria dedução aritmética.

Capítulo 17

Ramming

"Em águas rasas é recomendável navegar próximo à costa, para rebater e multiplicar o eco do sonar operado pelo inimigo."

A bordo do Charade, ao constatar que o *U-199* já tinha afundado, Werner teve uma reação súbita e inesperada. Virou-se para o comandante da lancha, e gritou, com voz histérica: "Vamos lá! Vamos nós até lá!", apontando para o local do naufrágio.

Michael ligou o motor da lancha de imediato e acelerou por um tempo curto. Em seguida, lívido, desligou o contato da lancha sem pedir licença, e ficou por alguns minutos à deriva, apavorado ao fixar o olhar no horizonte, onde surgia em grande velocidade um destróier americano, o *USS Barnegat*, que vinha à cata de sobreviventes do *U-199*.

Em pensamento hiperbólico, Werner volta a pensar no cúmulo da ironia, o submarino que abandonara por não querer pôr a pique navios do Brasil, afundado por um avião brasileiro.

De repente, ele se apruma, e, decidido, ordena: "Vamos ao encontro deste destróier! Afinal de contas eu sou um dos sobreviventes do submarino alemão, embora não estivesse a bordo. É melhor ir ao encontro dos americanos do que esperar que a sua tripulação venha me prender aqui no *Charade*. Tenho uma dívida com a Marinha alemã que preciso pagar, nem que seja me entregando aos americanos, junto com os meus amigos da guarnição do U-199."

Apesar da confusão mental de Werner, o piloto da lancha teve uma reação abnegada e respeitosa, de um jeito que deu para perceber como ele era um quadro importante e bem treinado do serviço secreto alemão: "Com todo o respeito, não acredito que esta decisão seja boa, senhor Werner, mas como a tarefa que a senhora Berta me confiou lá no Rio de Janeiro foi cuidar do senhor e obedecê-lo sempre, cumprirei até o fim a minha missão".

Ato contínuo ligou os motores da lancha, colocando-a em marcha acelerada, na direção do destróier, agora um pouco mais próximo, mas ainda distante.

Apesar da aflição do momento, Michael teve tempo de se encantar com um grupo de botos cinzentos, que fazia evoluções rápidas e visíveis, sob a água translúcida. Em sua coreografia da pesca de sardinhas, eles saltavam com o corpo inteiro para fora do mar, depois mergulhavam por sob a proa do barco, raspando no casco, sempre com total domínio de suas rápidas manobras, sincronizadas com as da lancha.

O rumo do navio de guerra norte-americano já podia ser orientado pela mancha de óleo do submarino, pelos detritos na superfície, e por dois botes de borracha flutuando.

Enquanto a lancha aumentava de velocidade, Werner começou a observar o destróier, com o binóculo. Viu a velocidade muito alta com que o barco americano cortava a água do mar, bem maior que a do *Charade*, levantando na proa altos bigodes de espuma branca, à medida que enfrentava as ondas. As maiores cobriam toda a proa da embarcação com espuma branca. Notou o respeitável calibre dos canhões, e a bandeira listrada em vermelho e branco, na popa. Lembrou-se, então, de um dos hinos com que a Marinha alemã, sem se dar conta, saudava os heróis do corpo de submarinos, no porto de Hamburgo: *Stars and stripes forever*.

Werner pronunciou, então, uma frase enigmática: "que bom o Brasil estar lutando do lado dos americanos".

O piloto do *Charade* não entendeu nem perguntou nada. Não sabia se aquela frase representava uma nova atitude política daquele brasileiro de sentimentos imprevisíveis, ou se era apenas uma consequência do seu medo obsessivo, ao enfrentar, mesmo em pensamento, uma corte marcial na Alemanha, sem o cinto da calça.

Se fosse isso, sua preocupação recorrente se dissiparia no momento em que ficasse sob a guarda de um navio americano.

Em seguida Werner baixou o binóculo, virou-se para Michael, e disse, de supetão: "obrigado pela sua solidariedade e abnegação".

"Vamos mesmo interceptar bem rápido o destróier". Com essa frase ele parecia estar condenando Michael a ser também internado no navio americano que estavam prestes a abordar. Só que para o companheiro de jornada, a situação seria bem mais grave. Ele corria o risco de ser julgado, não como combatente, mas como espião nazista, um rótulo embaraçoso, comprometedor, e perigoso.

Todos esses pensamentos passaram como flashes pela cabeça de Werner, e de Michael, mas, não foram explicitados em nenhum momento, embora estivesse claro que a tensão estava no ar, à medida que o *Charade* se aproximava do *USS Barnegat*.

Nessa altura, voltando a cabeça para a popa da lancha onde estava Werner, Michael perdeu a cerimônia e perguntou, de forma ainda respeitosa, mas sem rodeios: "suboficial Hoodhart, o senhor confirma a ordem de interceptar o destróier americano?".

"Você ouviu bem, Michael", respondeu Werner, com voz firme e nenhuma convicção.

"Prosseguimos no rumo, senhor", respondeu o piloto da lancha, transpirando, mas ainda mantendo a linguagem formal que o momento solene e perigoso pedia. Em seguida, permitiu-se observar: "como o senhor sabe melhor do que eu, do *Livro do Comandante de Submarino* do alto-comando da Marinha alemã, uma das potencialidades letais de um destróier como este de que nos aproximamos é a sua manobra de 'ramming', como dizem os americanos. Trata-se de um violento abalroamento pelo navio de guerra, de uma embarcação que esteja no seu caminho, como aconteceu algumas vezes nesta Guerra, na batalha do Atlântico Norte, com alguns dos nossos submarinos, cortados ao meio transversalmente, como queijo, por esta poderosa e resistente quilha do navio. Ela funciona como uma faca, sem nenhuma chance de defesa para a vítima. Imagine a enorme massa do navio, multiplicada pelo quadrado da sua velocidade, que pode chegar a trinta nós, mais a dureza da roda de proa, forte como a de um navio corta-gelo, para avaliar o tamanho do estrago."

"Nesta manobra, Werner", disse Michael, voltando à informalidade, "os americanos são craques."

Pela ponderação e conhecimento de Michael, Werner percebeu que estava diante não apenas de um experiente e competente espião, mas também de um oficial da Marinha alemã, discreto, porém poderoso, a par dos mais modernos procedimentos e táticas das batalhas navais travadas na Guerra.

Naquele momento, Werner sentiu um orgulho meio tolo, por ter a "seu serviço", uma pessoa de competência tão alta, o que demonstrava a importância de sua "missão" no Brasil, que na verdade não passava da continuação de um porre bem tomado na Praia Grande.

Michael, mesmo a contragosto, mantinha a velocidade máxima do *Charade*, rumo ao destróier, que estava agora a menos de dez minutos da interceptação. Nos seus pensamentos começaram a surgir as primeiras idéias do que ele diria ao comandante do USS *Barnegat*, dando um jeito de escapar da acusação de espião nazista, que não faria bem a ninguém que caísse nas mãos dos aliados. Em alguns casos, um fuzilamento meio sumário era o destino dos quinta-colunas apanhados em flagrante.

Nos poucos minutos que faltavam para cruzar com o destróier, Werner lembrou-se de Berta, e rezou para que tivesse escapado das garras da Polícia Especial de Vargas, que deve ter babado de ódio, quando descobriu que ela havia desaparecido.

Pensou em Gregório Fortunato, que não se perdoaria por não ter agarrado a espiã nazista em flagrante, quando ela fazia uma transmissão de rádio para um submarino alemão, imagine, de dentro do jardim do palácio do Catete. Um hipotético depoimento do rude e avantajado guarda-costas de Vargas, segundo a fértil imaginação de Werner, mostrando insuspeitado conhecimento dos meandros da política brasileira, deveria ter sido assim: "aquela espiã alemã vagabunda abusou da confiança do governo brasileiro, tendo a desfaçatez de exercer a sua covarde missão de espionagem no próprio palácio do Catete, sede do governo da República".

Agora o *Charade* estava tão perto do USS *Barnegat*, que era possível ler o número de registro do navio sem binóculo. Mas o destróier americano continuava com a atenção voltada para os botes dos sobreviventes do submarino, agora chegando bem perto deles.

O *Charade* provavelmente ficaria para uma segunda etapa, a menos que começasse a provocar o destróier, emparelhando com ele, coisa que iria acontecer em uns cinco minutos, se aquele desafio prosseguisse.

Já dava para ver a quilha branca do destróier, em seu agudo sobe e desce no mar agitado. Com aquela visão apavorante tão próxima, Michael permitiu-se fazer uma revelação intima para Werner: "embora eu saiba que um destróier jamais atacaria um barco de recreio, a coisa que eu mais tenho medo no mundo é de ser apanhado por um *ramming* de um destróier como aquele, ainda mais estando numa lancha de madeira, como a *Charade*, mais adequada a desfilar pela orla de Copacabana do que a enfrentar uma situação perigosa e estressante como esta. Barco de recreio é para diversão", concluiu, sem nenhuma originalidade, "não para a guerra".

Ainda pensando naquela resposta e imerso em suas próprias preocupações, Michael ouviu a ordem: "Gire 180º!".
Werner repetiu a instrução mais uma vez, antes que o comandante girasse por boreste, na direção contrária àquela em que estavam navegando por mais de uma hora.

"Vamos avançar pela parte interna da Ilha Grande, rumo Sul", prosseguiu, "numa rota em que as profundidades sejam baixas o suficiente para que um destróier não nos possa interceptar e as ilhas nos escondam. Nosso destino é a Praia Grande."

Capítulo 18

Rodrigo reencontra Werner

> *"Manter-se atento nos turnos de vigilância de um submarino na superfície é uma tarefa cansativa que leva à falta de atenção. Por isso, os turnos de observação devem ser trocados com freqüência."*

RODRIGO FICOU UM PERÍODO enorme sem ter notícias de Werner, depois daquele primeiro e único encontro entre os dois, quando ainda havia Guerra. A iniciativa do reencontro foi dele, embora continuasse sem saber do paradeiro do suboficial do *U-199*, desde que aquele alemão de Santa Catarina passou por sua casa na rua Estados Unidos, em São Paulo, quando o menino tinha sete anos. Hoje, o senhor Rodrigo tem 65 anos, e segue morando em São Paulo, onde está muito bem de vida, exibindo a sua saliente barriga da prosperidade.

Ele mantém vivo o interesse por todos os assuntos ligados à Segunda Guerra Mundial, a partir do episódio da convocação de seu irmão para lutar na Itália, e da chegada do marinheiro Werner à sua casa em São Paulo, apresentado por Pedro Machado, o industrial de Araraquara que sabia de tudo o que acontecia na Alemanha nazista.

Rodrigo demorou alguns anos para juntar os pauzinhos. Até se convencer que aquele amável catarinense com quem fizera uma rápida amizade, ao revelar a ele os mistérios do funcionamento do blecaute e do gasogênio, era um marinheiro alemão de verdade, em missão de guerra, egresso de um submarino vindo da Alemanha nazista, até a Praia Grande.

A partir daí passou a ser idéia fixa em sua cabeça, a busca de uma oportunidade para se reencontrar com Werner, ocasião que parecia cada vez mais remota, considerando o tempo decorrido daquele primeiro contato entre os dois. Rodrigo achava que Werner tinha conseguido retornar a seu submarino naquela ocasião, na Praia Grande, o que diminuiria em muito as suas perspectivas de sobrevida, e, em conseqüência, a possibilidade de eles se verem de novo.

Mas nunca desanimou. Tinha esperança de que o encontro acabaria saindo, para que tantos episódios excitantes ocorridos naquele conflito fossem minuciosamente discutidos e explicados, até porque, pensava Rodrigo, é na guerra mundial que as reais experiências de vida acontecem, com a maioria dos habitantes do planeta Terra sendo influenciados por elas.

Como constatou um perplexo Werner, ao deparar, em 1942, com um blecaute levado a sério num bairro residencial de São Paulo, a uma distância absurda do teatro de guerra, levando em conta a inexistência de porta-aviões na Alemanha.

Tendo lido uma quantidade muito grande de livros sobre a Segunda Guerra Mundial, Rodrigo acabou virando um competente especialista no tema, sendo chamado a esclarecer dúvidas dos jornalistas dos meios impressos e da televisão. Acabou até reconhecido na rua, de tanto participar de programas sobre o assunto, como convidado.

Outra coisa que ficou no pensamento de Rodrigo foi a possibilidade de tirar dúvidas com Werner sobre outros episódios da guerra, não necessariamente ligados ao desembarque do *U-199* na praia Grande, mas que ele poderia esclarecer, por ter estado lá, lutando conta os aliados, entre os quais estava o Brasil. Sim, convencia-se Rodrigo, meu amigo deve ter depoimentos originais a fazer, na versão do lado de lá da guerra. Se estiver vivo.

Werner, de fato, tinha sobrevivido. Havia voltado a Blumenau ainda durante a guerra, mas não quis que ninguém o encontrasse. Foi recebido pelo velho Günter, de braços abertos, com todo carinho e emoção de um pai saudoso. Chegou com a mulher, Clara, e a filhinha Angela, nascida na Praia Grande, de bochechas rubras e cabelo maria-chiquinha amarrado com duas fitas de lã vermelhas.

Desde logo deu total apoio à decisão que o filho tomara, de não mais retornar ao submarino quando seus companheiros voltaram ao mar, sendo que, na seqüência, afundaram um indefeso pesqueiro brasileiro.

O paradeiro de Werner foi revelado quando Rodrigo estava em sua casa, em São Paulo, assistindo televisão. A entrevista do *Bom dia Brasil* era justamente com ele, num programa, que apresentava antigos combatentes da Segunda Guerra Mundial ligados ao Brasil, contando as suas aventuras. Naquela entrevista Werner deitou falação sobre a experiência de combate que tivera em dois submarinos alemães durante os mais intensos combates no Atlântico Norte e Sul, nada revelando sobre as muitas cachaças tomadas na Praia Grande.

Sobre sua saída da Guerra, episódio que interessava muito a Rodrigo, Werner romantizou um pouco na televisão, dizendo uma meia-verdade: de que um avião surpreendera seu submarino próximo à Praia Grande, estado de São Paulo, onde a embarcação estava sendo reabastecida de água. Na iminência de sofrer um ataque, o *U-199* acabou indo embora. Daí para frente, Werner fantasiou bastante os episódios, estilo José de Alencar. Em vez de dizer que estava namorando uma habitante local, afirmou que, naquele preciso momento do ataque, buscava uma nascente de águas puras, dentro de uma fechada Mata Atlântica, cheia de bromélias coloridas e coaxar de sapos, um pouco afastado do ponto em que estava a embarcação. Só por isso não voltou a tempo. Omitiu a menina. E a cachaça.

Ao terminar de assistir ao programa, e percebendo que não seria difícil contatar o amigo marinheiro em Blumenau, Rodrigo animou-se e jurou a si próprio que escreveria um livro sobre as aventuras de Werner durante a guerra, se tivesse oportunidade de ficar bastante tempo conversando com ele. E antes de ter qualquer linha escrita, já escolhera o nome para o romance histórico: *Alarm!*, ou *Uma cachaça na Praia Grande*.

Chegando a Blumenau, apenas três dias depois da entrevista, Rodrigo foi efusivamente recebido por Werner. O ex-suboficial nazista começava a ficar ciente de que as suas aventuras, vividas mais de meio século atrás, poderiam render bastante assunto para a mídia brasileira e internacional, desviando sua atenção da vidinha de ramerrame que levava em sua cidade natal. Voltara a falar só em alemão, em detrimento do nível do seu português. Agora tinha sotaque, com os erres carregados. Antes de ir para a guerra, não falava assim, graças a seu aprendizado cem por cento em português, a partir das leis de Getúlio Vargas.

Desta vez os dois sentaram no Café Expresso às duas horas da tarde de um dia útil, para tomar chocolate e comer *Apfelstrudel*, apesar dos tênues protestos de Werner em relação ao nível alto de colesterol que tinha descoberto em seu último exame de laboratório, a respeito do qual seu médico mandara que ele se cuidasse. As cadeiras eram confortáveis, o clima, ameno e o Café tinha pouco movimento naquele horário, condições propícias para que pudessem falar à vontade.

Observando a paisagem européia de Blumenau, Werner lembrou-se do dia em que foi tomar um inocente drinque em Orléans, com linda vista para o rio Loire, mas acabou por afugentar os outros clientes do bar, por estar fardado. Dali o seu pensamento voltou rápido ao Brasil, e a São Paulo, onde passara alguns dias muito agradáveis durante a guerra.

Rodrigo deu risada quando o seu amigo lembrou do ruído agudo como uma sirene, da ventoinha do gasogênio do Chevrolet de seu pai, episódio ocorrido há tanto tempo, no Jardim América, em São Paulo, que naquela altura parecia pertencer a outro planeta. Riu também quando Werner contou a história que ouvira de Robert, na Praia Grande, dos tripulantes do submarino voltando trôpegos para a embarcação. Ficou imaginando como teria sido a descida pela escada escorregadia do submarino, com todo mundo naquele estado, e o comandante esperando puto da vida lá embaixo. Alcoolizada daquele jeito, a tripulação passaria em branco até por uma emergência, sem condições de reagir a um eventual grito de "Alarm!".

Apesar de hilariante, a cena não fazia bem às lembranças de Werner. Ao lembrar do retorno de seus colegas ao submarino, sem ele, logo ficou com a expressão sombria, o que mostrava o quanto de culpa ainda guardava por não ter estado presente naquela hora.

Apesar da tristeza momentânea que invadiu a conversa, Werner e Rodrigo voltaram a gargalhar das histórias que eram lembradas, depois de algumas cervejas pretas, bem concentradas.

Werner contou que tivera uma namorada chamada Ivana durante quatro anos, e que ela foi levá-lo até o barco com destino a Itajaí, de onde partiu para a Copa do Mundo de 1938, na França.

Quando voltou, a moça já tinha até casado com o primeiro candidato que havia namorado depois dele.

A frustração deste romance, passados mais de sessenta anos, ainda mexia com a cabeça de Werner. Depois de uma risada meio nervosa, disse para Rodrigo: "sabe por que ela ficou com aquele cara, depois de quatro anos comigo? Por que ele foi o primeiro a enfiar a mão por baixo da blusa dela. E eu fiquei aquele tempo todo fazendo cerimônia com ela, apesar de perceber aqueles biquinhos dos seios durinhos debaixo da blusa, quando a gente se beijava. Tudo porque havia aquela história de virgindade, de padre enchendo o saco da gente, querendo que nos mantivéssemos castos. Que palavra mais fora de moda! Que padres mais metidos! Porque a castidade acima de qualquer outro mandamento? É tudo uma questão de quem mete a mão primeiro nos peitos da menina, pronto. E você Rodrigo, enfiou a mão de cara nos peitos da sua namorada, ou não?".

Rodrigo começou a achar a conversa meio desagradável e inesperada, entre dois senhores de idades respeitáveis, alcoolizados. Mas, para replicar no mesmo tom, citou James Joyce, e sua visão mecanicista de que "o amor nada mais é do que uma rolha numa garrafa".

Rodrigo achou melhor voltar a se interessar pelos conhecimentos de Werner sobre a guerra, e pediu para que ele contasse alguns episódios que considerasse de importância sobre o conflito mundial, mesmo que não os tivesse vivido ou presenciado. Werner aquiesceu e procurou na memória alguns episódios originais que pudessem despertar o interesse dos leitores do futuro livro de Rodrigo, dentro de um tema tão batido e explorado como a Segunda Guerra Mundial.

Depois de algum tempo pensativo, enumerou quatro: uma visita que fez, por uma questão de consciência, a um campo de extermínio na Áustria, chamado Mauthausen, que ele gostaria de descrever; uma inusitada e acanhada visita feita por Hitler a Paris, depois da conquista da França pelo seu exército, a respeito da qual Werner tinha assistido a um documentário; uma surpreendente visita de Franklin Roosevelt, presidente dos Estados Unidos, a Natal, Rio Grande do Norte, para encontrar com o presidente Getulio Vargas, em plena guerra, a partir de uma documentação norte-americana; e a história de um charlatão chamado Morell, médico de confiança de Hitler, que dopava o ditador para que seus discursos fossem arrebatadores.

Capítulo 19

Histórias da Segunda Guerra Mundial – Mauthausen

> *"Nunca subir a bordo de um navio mercante para investigação, mesmo que o navio pareça abandonado. Pedir para que os documentos que o identificam sejam enviados ao submarino num bote do navio."*

Depois de algumas horas, Werner e Rodrigo seguiam conversando no Café Expresso, em Blumenau. O ex-suboficial nazista passou a falar de alguns fatos da guerra que valiam a pena ser contados, segundo ele, começando por Mauthausen:

"Está muito claro que o que ocorreu nos campos de extermínio nazistas trouxeram opróbrio para toda a humanidade, e em particular para os participantes da guerra do lado alemão, mesmo para os combatentes que não tinham nada a ver com isso. Como nós, do Corpo de Submarinos", começou Werner, preparando-se para a narrativa, conforme havia prometido a Rodrigo, que se apressava em tomar notas.

"Embora o Holocausto seja um tema muito batido, nada substitui a impressão causada por uma visita a um campo de extermínio, mesmo após tantas décadas do final da Guerra. O que vi e ouvi superou a mais sinistra das imaginações que eu poderia desenvolver sobre o tema."

"Foi para entender melhor este assunto e também para pagar os pecados, que visitei um desses campos de concentração e genocídio, um *Konzentrationslager*, o de Mauthausen, numa viagem de turismo, se é que se pode chamar assim, que fiz ao norte da Áustria, não faz muito tempo."

"Fui conduzido ao inferno por um guia chamado Hans, que trabalhava lá há muito tempo, e que já tinha a alma possuída pela maldade que revivia a cada dia, ao recontar a história daquele lugar, cujo auge da produtividade se deu entre o outono de 1944 e o final da guerra."

"No mês em que estive lá, Hans disse que iria se aposentar, ou enlouquecer, segundo suas próprias palavras: 'a maldade praticada daquele jeito deixa resíduos estranhos no ambiente, que não desvanecem com o tempo, e acabam sendo absorvidos pelas pessoas, sem ser digeridos por elas. A maldade tem vida eterna, a bondade é fugaz', completou."

No dia da visita de Werner, depois que todo mundo foi embora, o guia revelou a ele que ouvia vozes e percebia gente se movimentando nas áreas vazias daquela tétrica construção, testemunha dos horrores do extermínio mais cruel jamais concebido, numa escala que só mesmo mentes doentias e grandes empresas industriais seriam capazes de viabilizar.

Quando se deparou com aquele espaço sinistro, onde reverberava a voz de Hans, Werner sentiu muito medo. Teve até ânsia de vômito quando aquele "guia turístico" se declarou "vítima dos miasmas que estavam soltos naquele edifício de concreto, e que agora tomavam todo o seu organismo, especialmente os pulmões".

Hans falava enquanto se movia de um lado para outro, nas instalações feitas com os todos os requintes necessários para dar cabo à vida daqueles judeus trazidos de toda parte da Europa, em vagões de carga, amontoados, e em tais condições sanitárias, que boa parte deles morria, antes mesmo de chegar ao local do suplício.

"A tarefa sistemática era feita com metodologia sofisticada", detalhou Werner para um atento Rodrigo, "e tamanha eficiência no cumprimento dos objetivos, que só mesmo alemães seriam capazes de engendrar, com a sua fantástica capacidade de organização", assinalou, denotando um certo orgulho meio fora de hora, pelos compatriotas germânicos.

Ao mesmo tempo, ao descrever e execrar, com horror, o episódio do extermínio, ele esquecia seu passado de combatente nazista, em sua dualidade ciclotímica, enquanto se ajeitava de um lado para o outro na cadeira do Café Expresso, um velho cacoete dos tempos do *U-199*, de quando ele ficava nervoso: "Mulheres, crianças, moços, velhos, sadios, doentes, descem disciplinados dos trens, andam menos de um quilômetro por um gramado, até chegar à escada que leva ao pavimento inferior do prédio. Na entrada, num patamar mais alto, cercado de flores, um conjunto de câmara, formado por músicos judeus forçados a participar da farsa, toca temas de Schubert, dando uma certa sensação de tranqüilidade, civilidade e requinte, como se estivessem todos num salão de chá, sem saber o que estava por acontecer", narra Werner, olhos semicerrados para visualizar a cena.

"Os próprios músicos eram mortos de tempos em tempos, dando espaço a outros artistas selecionados para interpretar peças clássicas, a novas levas de condenados."

"O olhar fixo das crianças no rosto dos pais, em busca de uma explicação, abraçando a mãe com força, atrás de uma proteção que ela já não podia dar, é a parte mais pungente dos filmes da época, onde não há limites para a indiferença pelo destino daquelas pequenas criaturas, frágeis e desprotegidas, cujo único crime era ter origem judaica. São cenas acessíveis ainda hoje, nos documentários da época, que superam em crueldade, tudo que a nossa mente é capaz de conceber."

Nesse ponto Werner pára de falar, engasgado com a lembrança das crianças executadas junto com os pais. Depois respira fundo, e prossegue, em nome da verdade:

"Entrando num vestiário amplo, com cabides numerados, os prisioneiros são instruídos a tirar a roupa, para uma 'pulverização' contra os piolhos, que de fato infestam o ambiente, pelas condições de falta de higiene nos trens de carga usados para transportar seres humanos. Em seguida, os guardas raspam os pêlos do corpo dos prisioneiros, com violência. Muita gente fica sangrando, antes de seguir adiante".

"Todas as pessoas que trabalhavam na condução desses procedimentos eram também judeus, trocando alguns meses a mais de vida para si próprios, pela tortura que infligiam àqueles que seriam eliminados de imediato, e que ainda não desconfiavam inteiramente da sua sorte. Um trabalho sujo demais para ser executado pelos soldados nazistas", assinala Werner.

"As pessoas que chegavam são instruídas a pendurar a roupa nos cabides numerados, hora em que recebem uma observação particularmente cruel e sádica: 'não esqueçam do número de seu cabide, para encontrar a roupa na volta, depois da desinfecção'."
"Em seguida são todos introduzidos de forma ordenada na câmara de gás, num ambiente hermético, com chuveiros no teto, de onde sairia a água para o 'banho' purificador."

"Mas o que de fato acontece quando a pesada porta é batida e o ferrolho travado, com grande ruído, é que os guardas abrem o gás. As pessoas começam a gritar, a se arranhar e a arrancar os cabelos, em desespero total, ao entender finalmente que destino fora traçado para si. Impassíveis, pela força do hábito, os guardas escutam os berros agudos que invadem o vestiário, quando chega ao auge o sofrimento daquele lote de pessoas, enquanto pensam nas próximas vítimas que entrarão, em seguida, na câmara de gás."

"Iniciado o processo da gaseificação, em meio ao alarido ensurdecedor, os homens forçam a passagem, em inútil desespero, na direção das paredes externas, pisando sobre mulheres e crianças, as primeiras a morrerem esmagadas pelos seres mais fortes que tentam escapar do inescapável. Quando nada mais resta a fazer, é hora de arranhar com força as paredes, até dilacerar as unhas ensangüentadas, nos poucos minutos que lhes restam antes de desfalecer. Os encarregados do campo de extermínio execravam esse último ato dos condenados, que os obrigava a repintar as câmaras de gás de tempos em tempos, o que não eliminava as cicatrizes das paredes riscadas pelas unhas, visíveis até hoje para quem visita o campo de extermínio."

Neste ponto, Werner pára de falar por alguns minutos, respira fundo, e continua:

"Os guardas já estavam acostumados com a reação das pessoas que levavam para a câmara de execução, e com a curva de intensidade dos gritos. Fortes no início, com uma mistura de vozes e tons de homens, mulheres e crianças, até que as vozes arrefecem, e o silêncio se segue ao desespero dos últimos momentos. Vozes se calando, até se transformarem em tênues gemidos. Depois, o silêncio".

"Os guardas eram também encarregados de tirar os corpos amontoados contra as paredes internas da câmara, formando um anel, com o centro livre, de gente desnuda e disforme. Utilizavam máscaras contra gás, para que a operação de remoção dos cadáveres fosse segura, caso os poderosos exaustores tivessem deixado de aspirar alguma porção do gás letal, um produto químico do tipo utilizado na fumigação de insetos, o que tornava cruel o sofrimento e o sufoco das vítimas, que demoravam vinte minutos para morrer, sob o efeito do gás, caso não tivessem sido pisoteadas antes."

"Na remoção dos corpos amontoados afloravam todos os fluidos e odores presentes no corpo humano, expelidos na agonia de cada vítima, mais o resultado das hemorragias causadas pelo gás, e que agora se misturavam com os restos humanos, no chão, para serem limpos por aqueles prisioneiros que se transformavam em animais, ao realizar aquele serviço."

"Era a hora em que os operadores do inferno recolhiam os corpos em carrinhos, para colocá-los sobre uma espécie de maca, onde um empurrador de ferro os jogava para dentro da fornalha. Com esse dispositivo, os operadores da cremação tinham a garantia de uma distância mínima da boca do forno, para o bem de sua integridade física."

"Agora, Rodrigo, atenção para o requinte de crueldade", ressaltou Werner:

"Certa ocasião, um dos guardas encontrou-se com uma conhecida de sua cidade, já dentro da ante-sala da morte, tendo resolvido lhe informar, por solidariedade, do desfecho que se seguiria. Como era de esperar, a moça teve um ataque histérico, começando a gritar e a espalhar o pânico dentre os demais condenados, até então pacíficos, que esperavam pela sua vez de entrar na sala de 'desinfecção'".

"Um soldado alemão, que assistia ao tumulto, puxou o revólver e atirou na cabeça da mulher que gritava. Em seguida mandou que os próprios funcionários judeus carregassem por cima dos ombros aquele colega indiscreto, diretamente para ser lançado vivo no forno em que os cadáveres das pessoas retiradas da câmara de gás estavam sendo cremados. Seu grito lancinante, ao ser lançado no forno, foi o mais forte que se ouviu naquele dia de trabalho, em todo o campo de extermínio."

"A proximidade daquele tétrico campo causava certo desconforto às famílias dos responsáveis pelo 'trabalho' ali executado. As mulheres reclamavam da fuligem pegajosa que não cessava de depositar sobre os móveis. E das pequenas e repugnantes partículas sólidas cor-de-rosa, cuja combustão não havia sido completa. Mas elas nunca perguntavam de onde vinham aqueles resíduos, visíveis quando eram expelidos pelas chaminés do campo, como uma densa fumaça preta. Por sua vez, os oficiais da SS saíam burocraticamente do trabalho, ao final do dia, e regressavam ao lar à noite, para dar carinho às suas crianças, depois de mais um dia de rotina no campo."

"O incômodo nas casas dos oficiais era ainda maior pelo cheiro que a cremação espalhava no ar, 24 horas por dia, além do ruído das bombas de ar que insuflavam os fornos."

"Uma mancha negra na história da Alemanha, que nunca será apagada, tal o opróbrio dessa ação, a demonstrar o nível de torpeza e crueldade a que o ser humano pode chegar quando a ordem vem de cima, mas onde a iniciativa, e até o prazer sádico da execução, ficam por conta da ação de cada um. Foram milhares de participantes ativos do morticínio, aperfeiçoando requintes de crueldade por conta própria", completou Werner.

Rodrigo não disse nada, mas ficou tocado pelo nível de detalhes da visita de Werner a um campo de extermínio. O velho marinheiro terminou o relato quase sem conseguir falar, balbuciante, ofegante, soluçando, gotas de suor na testa, lágrimas correndo soltas pelo rosto.

Naquele momento Werner estava confessando um crime que também considerava seu, como real participante das forças de combate nazistas:

"Esse assunto chamado holocausto é bem mais que um substantivo, quando se imaginam as pessoas que estiveram naquela inominável situação", concluiu Werner.

"Tendo participado da guerra do lado da Alemanha, apesar de brasileiro, eu também me sinto culpado, porque um crime contra a humanidade não tem remissão", flagelou-se, para Rodrigo.

Werner ainda encontrou forças para continuar na autoacusação: "De alguma forma eu também contribuí para que isso acontecesse".

Assim termina um relato que nunca tinha sido feito para ninguém. Rodrigo foi apenas o interlocutor passivo daquele monocórdico desabafo. Agora sessentão, ele representava para Werner a mais nova geração de brasileiros que ainda poderia se interessar por detalhes a respeito de uma guerra que já parecia, até para ele próprio, uma coisa muito antiga.

Capítulo 20

Histórias da Segunda Guerra Mundial – Hitler em Paris

> *"Em sua área de atuação, cada submarino tem plena liberdade de movimento na busca dos seus alvos, que devem ser atacados, caso valham a pena."*

No dia seguinte, na mesma mesa do Café Expresso, em Blumenau, prossegue a conversa de Werner com Rodrigo, ainda, e sempre, sobre a Guerra. Desde a véspera, o velho suboficial parece ter encontrado o fio do novelo de histórias e sensações que tinha a revelar sobre o assunto, depois da descrição crua e comovente do campo de extermínio que havia visitado. Enquanto isso, Rodrigo conseguia reunir cada vez mais material para o seu livro, que agora parece menos conversa mole e mais realidade, por seu empenho e interesse, mais o tempo que dedica a buscar novos ângulos para falar de assuntos já tão conhecidos do público.

Naquele novo dia, foi ele quem começou o papo, voltando ao desejo de ouvir o relato de Werner sobre episódios excitantes da Guerra, de que ele houvesse participado, ou de que tenha tomado conhecimento.

O catarinense-alemão não se fez de rogado. Citou um episódio que considerava curioso, revelador, significativo e insólito, envolvendo o dirigente máximo de uma Alemanha em guerra: a visita que Hitler fez a Paris (*Arquitetura da destruição*, um filme de Peter Cohen, DVD Filmes da Mostra SP), logo depois da tomada da cidade por suas tropas, numa madrugada em que desejava passar despercebido, ao invés de buscar as glórias da conquista, talvez até desfilando num cavalo branco, na avenue Champs Elysées, como dono absoluto do território.

"A impressão que ele dá para quem vê o documentário sobre esse giro", começa Werner, "é a de uma pessoa envergonhada, insegura, quase arrependida, que não tem coragem de encarar o povo a quem havia infligido uma derrota tão humilhante com a sua *Blitzkrieg*. Como se ele retornasse à sua condição de jeca, embora a cavaleiro de uma população cosmopolita. Pela filmagem, dá a impressão de que ele quer cair fora da capital francesa o mais rápido possível, sentindo ter ido além dos limites na sua ousadia, como se perguntasse a si próprio: 'o que um cara humilde como eu está fazendo aqui, no coração da poderosa França, o centro de difusão da cultura européia, berço de tantas tradições em todas as artes e filosofias, modelo de arquitetura que eu sempre admirei pelos livros...'".

"De fato, foi uma visita surrealista", opina Werner. "O avião trimotor Junkers 52 revestido de alumínio nervurado como porta de garagem, trazendo o *Füehrer*, todo fardado e de quepe, desceu antes das seis horas da manhã no aeroporto de Le Bourget. Às seis em ponto, a comitiva chegava ao centro de Paris."

"Ele estava num Mercedes conversível, quatro portas, com uma porção de gente, do *entourage* nazista, encarrapitada em cima, acompanhando Hitler numa visita que nunca havia feito. Deparou-se com uma Paris fantasmagórica, escura, com as luzes apagadas e o sol da manhã ainda escondido."

"Como sempre quis conhecer a capital francesa e os seus tesouros arquitetônicos, o ditador alemão pode muito bem ter invadido Paris para poder entrar na cidade como seu proprietário, o que devia lhe render uma sensação próxima ao orgasmo, mas acabou por gerar-lhe um aparente embaraço. Dois arquitetos alemães participaram da visita, o sempre próximo Albert Speer e Hermann Gessler", esclarece.

"O carro anda rápido, passa pela Madeleine e Opera, onde a comitiva sobe os degraus e entra no edifício, aberto, onde o esperava, solícito, e muito tenso, o arquiteto francês responsável pelo teatro."

"Num pequeno balcão superior que dá para o átrio se espremem todos os potentados nazistas presentes àquele momento histórico, para ouvir os solenes comentários do líder nazista. Ele examina com atenção concentrada cada detalhe do teatro. De repente, para surpresa dos acompanhantes, aparenta ter ficado desapontado, ao sentir falta de uma ante-sala que sabia existir, das muitas vezes em que examinara aquele projeto, assim como fizera com os desenhos de todas as óperas importantes da Europa.

De fato, ele tinha razão, a área havia sido eliminada numa reforma do teatro, confirmou, entre surpreso, e sem jeito, o arquiteto francês encarregado do espaço."

"Dali, sem perda de tempo, a comitiva segue pelas principais ruas da cidade, sendo que, a cada parada, um ajudante de ordens salta do carro ainda em marcha, e abre a porta para o seu líder."

"Nos deslocamentos a pé, vão todos em passo acelerado, cada ajudante de ordens levando envelopes em baixo do braço, caso houvesse necessidade de tirar alguma dúvida do *Füehrer*, em relação à planta da cidade-luz."

"Passam pela Madeleine, chegam até a praça de La Concorde, onde Hitler manda o carro parar, mas permanece em pé dentro do veículo, olhos semicerrados, cabeça erguida, olhar atento sob a aba do boné. Olha para o lado esquerdo, dos Invalides, que visitaria em seguida, prestando homenagem ao Imperador. Depois se volta para o Louvre e rue de Rivoli, dando uma volta inteira sobre seu corpo. Sua expressão corporal indica grande interesse por tudo o que vê. Ao mesmo tempo passa a impressão de que não vê a hora da visita acabar. E como tem pressa, todo o grupo de sabujos que o acompanha também age rápido, mesmo sem saber porquê, como se fosse um sacrilégio para aquele grupo de invasores ver Paris acordar."

"Ao lado da comitiva passa reto um despreocupado entregador de pão, de bicicleta, inadvertido da ocasião histórica de que é única testemunha ocular. No Arco do Triunfo o ditador nazista também fica em pé dentro do carro, olha para o alto e para os lados, e comenta com Speer: 'Paris não é linda?'."

"A comitiva passa ainda pela Torre Eiffel, que o *Füehrer* também examina de alto a baixo. Dali, direto para o aeroporto, completando uma visita relâmpago, em que não é possível entender a razão de tanta pressa, talvez fosse mesmo o desconforto de estar numa cidade tão admirada, e ao mesmo tempo subjugada por ele. Ou a compulsão de apenas seguir adiante, agora que a invasão da Inglaterra era o seu próximo objetivo."

"No retorno, Hitler confidencia a Speer que pensara seriamente em destruir Paris durante a invasão – assim como tentaria fazer o mesmo na retirada –, mas que essa ação não teria sido necessária, segundo ele, face à Capital Mundial, a nova cidade de Berlim, que construiriam juntos, e que estaria pronta em 1950, terminada a Guerra. A majestade da nova cidade deixaria Paris no esquecimento", ironiza Werner.

"De fato, a maquete da nova Berlim estava pronta, com prédios monumentais e largas avenidas, projetados em detalhes, sendo o marco central um arco do triunfo medindo o dobro do de

Paris, embora com desenho de mau gosto, realizado a partir de um esboço do *Füehrer*, de próprio punho".

"No centro do projeto, uma cúpula com iluminação zenital, capacidade para 180 mil pessoas, dezessete vezes maior que a Basílica do Vaticano, tão alta que seria possível surgirem nuvens no teto, de uma atmosfera própria, onde poderia até chover dentro."

"O palácio projetado para residência de Hitler teria o porte do Louvre, revestido em mármore vermelho e branco."

"Esta ligação do ditador a projetos arquitetônicos mirabolantes parte de seu envolvimento pessoal no início dos projetos, quando arriscava alguns desenhos preliminares que deveriam ser desenvolvidos por seu arquiteto predileto, Albert Speer, por quem tinha grande admiração."

"Desde jovem Hitler tivera grande interesse e atração por obras clássicas. Tentou fazer o curso de belas-artes quando ainda morava na Áustria, mostrando para os examinadores, com orgulho, as suas pinturas estilo cartão-postal. A resposta que teve foi negativa em relação ao curso que pretendia, mas positiva em relação à arquitetura, que não pôde cursar por não ter diploma do ensino secundário. Seu interesse pelos projetos arquitetônicos prosseguiu por toda a vida, no início dando tímidos palpites sobre as obras a serem realizadas, para depois, nos projetos mais ambiciosos e megalomaníacos, avançar nos seus esboços para as novas construções."

"A partir desses antecedentes dá para entender a razão de sua insegurança ao ter Paris subjugada a seus pés. Foi demais para a sua cabeça", conclui Werner.

Capítulo 21

Histórias da Segunda Guerra Mundial – Roosevelt no Brasil

"Os dados essenciais a serem informados sobre um navio avistado são posição, curso e velocidade do inimigo. Tipo de embarcação, cobertura naval e condições climáticas devem ser informados depois."

Mais um dia, e lá estavam os dois, outra vez no Café Expresso, com novas considerações de Werner sobre episódios interessantes da Guerra, para alegria de Rodrigo, municiado com vários lápis apontados para tomar nota em volumosas folhas de papel almaço, mais uma borracha nova, para as correções.

O assunto do dia era, segundo o catarinense-alemão, um dos mais interessantes e inesperados da Segunda Guerra, envolvendo o Hemisfério Sul. Sem contar com a história daqueles marinheiros malucos que desceram de um submarino para tirar leite de uma vaca neozelandesa, e, naturalmente, os irresponsáveis tripulantes que desceram na Praia Grande, no Brasil, para tomar cachaça.

"Foi uma viagem surpreendente ao Nordeste do Brasil feita por Franklin Roosevelt em 28 de janeiro de 1943, durante a Guerra, quando os submarinos alemães ainda estavam pondo a pique muitos navios. Época em que os aviões tinham uma autonomia de vôo pequena para pensar em vir dos Estados Unidos direto até o Brasil", começou Werner, criando suspense.

"Apesar de todas as circunstâncias desfavoráveis, Roosevelt veio. Chegou a Natal com dois hidroaviões quadrimotores. Dirigiu-se à base de Parnamirim, na chamada Rampa, no rio Potengui, uma construção depois transformada em museu."

"Ali manteve conversações com o presidente Vargas, que por sua vez também fez uma longa viagem, contrariando seus hábitos de permanecer na capital, o Rio de Janeiro."

"Uma das razões da presença do primeiro mandatário do país mais poderoso do mundo pode ter sido causado pelo medo de que o Brasil virasse pró-nazi, uma causa pela qual Vargas ainda nutria simpatia, pela afinidade que pode existir entre um ditador e outro, até por eventual necessidade de asilo político."

"Além disso, o presidente tinha uma alemã buzinando em sua orelha pela causa nazista, dentro do palácio do Catete, o que não era pouca coisa em termos de influência."

Deste assunto, Werner falou com grande conhecimento de causa, não apenas por ter tido contato profissional com Berta, que se revelou ativa e eficiente espiã do *Reich*, como por ter entrado em sua intimidade, ao receber um sôfrego e molhado beijo dela, quando menos esperava, denotando uma necessidade de demonstrar a feminilidade que o papel de espiã lhe vedava.

A outra razão, segundo Werner, que fez Roosevelt empreender aquela surpreendente viagem, "foi a necessidade de obter do Brasil a consolidação da base aérea de Natal, estratégica para os bombardeios do Norte da África, um teatro de guerra em que estava em jogo o destino do conflito".

"Parnamirim acabou sendo, por um período, o aeroporto mais movimentado do mundo, com um pouso ou decolagem a cada três minutos."

"Até hoje", observa Werner para um atento Rodrigo, "quando um avião taxia no aeroporto de Natal, é possível ver os pátios de manobra superdimensionados, construídos em concreto, que serviram ao esforço de guerra norte-americano."

"Por outro lado, desde 11 de dezembro de 1941, já havia autorização do Brasil para que nove aviões Catalina e um Clemson pousassem em Parnamirim, sendo que cinqüenta *marines* chegaram duas semanas depois. O Brasil resolveu concordar com essas operações, quando ficou claro que os americanos utilizariam aquele ponto estratégico mesmo que fosse à força, para evitar o perigo de uma invasão alemã a partir de Dakar."

"Agora essas concessões não são mais necessárias", disse Werner, com humor cáustico, "se o Brasil era um país-chave para os Estados Unidos na Segunda Guerra Mundial, hoje nenhum presidente americano se abalaria a vir até aqui para garantir algum pedaço do território útil a um esforço de guerra. Os foguetes intercontinentais com ogivas nucleares prescindem destas bases aéreas."

"Werner, você está enchendo lingüiça", disse Rodrigo revoltado. "Conte para nós os meandros do encontro entre Roosevelt e Vargas." O plural majestático foi por conta dos leitores de seu futuro livro que iriam compartilhar com ele as informações que se seguiriam.

"O encontro de Franklin D. Roosevelt e Getúlio D. Vargas, em Natal, durante um dos períodos mais críticos da Segunda Guerra Mundial", esclareceu Werner, um tanto solene, "é um dos episódios mais surpreendentes do conflito, pela remotíssima possibilidade de que uma reunião de cúpula como aquela pudesse ocorrer em uma região isolada do Hemisfério Sul, pertencente ao Nordeste de um país, onde todas as atenções e comunicações eram voltadas para o Sul."

"Tudo começou com uma conferência de dez dias entre Roosevelt e Churchill, em Casablanca, no Marrocos, onde se discutiu a dificuldade que os aliados estavam encontrando para dominar a região, onde ocorreria a decisiva batalha de El Alamein. Naquele momento, as forças em confronto estavam equilibradas, e a *Raposa do Deserto*, o general Rommel, usava de todos os estratagemas para conter o avanço das tropas do general inglês Montgomery."

"Foi discutida a importância do apoio da aviação americana às divisões blindadas aliadas, a partir do ponto mais próximo da costa africana, a cidade de Natal."

"A coisa era tão séria que, de Casablanca, Roosevelt embarcou para o Rio Grande do Norte, numa viagem arriscada, cansativa e ultra-secreta, para tentar persuadir Vargas a consolidar a cessão de uma base para a operação dos bombardeiros norte-americanos que poderiam atingir a África, o chamado 'Trampolim da Vitória'. Um apoio vital para a região em que estava sendo decidida a indispensável supremacia geopolítica para a posterior invasão da Itália, aliada dos nazistas, pelo sul do continente europeu."

"Roosevelt voou em um hidroavião Boeing 314, com velocidade de 300 km/h e alcance de 5.600 km. O vôo foi de Casablanca à Libéria, depois, da costa ocidental africana até Natal, chegando no dia 28 de janeiro de 1943. Esse mesmo avião, conhecido como Clipper, faria mais tarde as rotas comerciais da Pan American para a América do Sul, com 74 assentos."

"Qualquer submarino alemão navegando na superfície, que tivesse a informação ultra-secreta da viagem de Roosevelt por sobre o oceano, e possuísse um atirador de elite, poderia ter tentado abater o avião", completou Werner.

"Ao mesmo tempo", observa Werner, "no Rio de Janeiro, o filho querido de Vargas, Getulinho, com 41 graus de febre é desenganado pelos médicos, sem recursos para combater a poliomielite que atacara o jovem, para o qual até um pulmão de aço fora importado, sem que houvesse no Brasil alguém que soubesse operá-lo."

"Era o filho mais correto e mais querido de Getúlio, o que herdara o seu nome. Bom estudante, formou-se em química no Brasil, e depois fez um curso de quatro anos na John Hopkins University, de engenharia química. Trabalhava em São Paulo, na Nitro-Química, por méritos próprios. Como a incidência da pólio era muito maior na América do Norte do que no Brasil, é possível que ele tenha contraído o vírus enquanto morava nos Estados Unidos."

"Preparando-se para embarcar, apesar de desavorado por deixar naquela situação o seu filho preferido, de apenas 24 anos, Getúlio pensa na ironia do destino. Iria se encontrar com Roosevelt, um dos homens mais poderosos do mundo, mas que precisava ser carregado de um lado para outro, em qualquer deslocamento que desejasse fazer, por ter sido vítima da paralisia que lhe imobilizara as pernas e que, agora, ameaçava levar a vida de Getulinho."

"O presidente do Brasil pensou em desistir da viagem de mais de dez horas num DC-3, com escalas, mas levou em conta, para seguir adiante, o fato quase inverossímil de ser um dos únicos políticos sobre a face da terra, com oportunidade de se encontrar pessoalmente com o presidente dos Estados Unidos, em plena Guerra, ainda mais em território brasileiro."

"Era a segunda vez em que os dois se encontravam, a primeira tinha sido no Rio de Janeiro, em 1936. Mestre na arte de influenciar as pessoas, Roosevelt mandou, na mesma época, um escultor ao Brasil para fazer o busto do presidente brasileiro, que, vaidoso, encontrou tempo de posar para o artista."

"Getúlio chegou ao Rio Grande do Norte um dia antes, com uma comitiva restrita. Alojaram-se no destróier *Jouett*."

"No dia seguinte surge Roosevelt, sorridente e simpático, denotando uma enorme resistência, depois da cansativa viagem de hidroavião sobre o Atlântico Sul."

"Encontram-se num jipe, que levaria os dois presidentes a visitar a Rampa, em Parnamirim, base de hidroaviões, além dos quartéis do Exército e da Aeronáutica."

"Na última hora, um tanto aturdido, chega à Rampa, para o almoço, o governador potiguar, Rafael Fernandes, que só soube do que se tratava ao chegar à base aérea", sorri Werner.

"Para surpresa geral, os dois líderes começam a se entender em francês, embora os estudos do idioma pelo presidente americano não tivessem ido muito além do curso ginasial. Depois se valem de um intérprete para a comunicação."

"No trajeto deram muita risada, embora ninguém tivesse registrado as piadas que foram contadas. Getúlio acendeu o cigarro de Roosevelt numa piteira transparente projetada para cima, presa entre os dentes, como era de seu estilo, antes de acender seu próprio charuto."

"Foi quando as condições que o Brasil pedia para ceder a base de Natal foram enumeradas: alguns materiais bélicos de primeira necessidade, e a promessa de que o presidente americano mandaria fabricar equipamentos de uma usina de aço, para utilizar o minério de ferro que existia em abundância no Brasil. Ficou então estabelecido, numa conversa noite adentro, que a siderúrgica de Volta Redonda teria seus componentes produzidos ainda durante a Guerra, uma exceção impensável, dentro do esforço de guerra aliado, que só a suave e persuasiva argumentação de Vargas conseguiria transformar em realidade."

"Roosevelt acabou concordando em entregar a usina no curtíssimo prazo de três anos."

"Um dos argumentos utilizados por Vargas para amolecer o coração do colega presidente foi o esforço que os trabalhadores brasileiros estavam fazendo para abastecer os americanos de borracha, nos seringais da Amazônia."

"Na batalha dos *soldados da borracha* já haviam perecido 6 mil trabalhadores, de malária e outras doenças, e muitos outros ainda viriam a morrer, totalizando, ao final da Guerra, 15 mil vítimas desta batalha amazônica. Como comparação, morreram no *front* 454 soldados brasileiros", esclareceu Werner.

"Nesse encontro também foi discutido o envio de soldados brasileiros para a Itália, sendo que a FEB – Força Expedicionária Brasileira – foi criada pouco depois, em novembro do mesmo ano."

"Getúlio volta ao Rio feliz com o resultado da conferência, mas chega apenas a tempo de presenciar a morte do filho querido. Fica sabendo que, em sua agonia, Getulinho havia recobrado a consciência por alguns momentos, tendo perguntado insistentemente pelo pai, cujo paradeiro ultra-secreto ninguém sabia informar, nem mesmo a mulher do presidente, dona Darcy Vargas", conclui Werner.

CAPÍTULO 22

HISTÓRIAS DA SEGUNDA GUERRA MUNDIAL – MÉDICO DE HITLER

"Sob ataque, silêncio absoluto da tripulação a bordo: falar baixo, trabalhar sem fazer barulho, andar com meias nos pés."

O ÚLTIMO ENCONTRO PROMETIDO POR WERNER para contar coisas interessantes sobre a Segunda Guerra Mundial foi de novo no Café Expresso, em Blumenau, sendo que, naquela altura, Rodrigo tinha um bloco de papel repleto de notas, com as informações que julgava importantes para o seu planejado livro a respeito do conflito e de suas repercussões no Brasil.

"Hoje vou falar sobre um livro pouco conhecido", começou Werner, "que revela algumas características físicas do *Füehrer*, assunto tabu até agora. Tem o título um tanto sensacionalista, *The Secret Diaries of Hitler's Doctor* (Grafton Books, de Londres, de David Irving)."

"Você, Rodrigo, vai conhecer alguns segredos do ditador nazista, que seriam impensáveis de serem revelados durante a dominação nazista."

"Em poucos capítulos de uma leitura atenta, descobre-se que o médico pessoal de Hitler, Theo Morell é uma figura grotesca, obesa, sempre transpirando, corte de cabelo raspado a zero, o que lhe deixa à mostra um couro cabeludo alvo, flácido e cheio de dobras."

"Uma pessoa que não exalava um cheiro muito agradável, como algumas figuras da alta cúpula nazista fizeram ver ao ditador. Ao que ele respondeu, dando o assunto por encerrado: 'Eu não emprego Morell por sua fragrância, mas para cuidar da minha saúde'."

"De fato, ele manipulava algumas poções mágicas, que deveriam manter em bom estado o líder nazista. Mas aconteceu o contrário. Hitler, que tinha um bom estado físico, começou a ter problemas de saúde, a partir dos tratamentos médicos que lhe foram ministrados por ele."

"As aplicações começaram em 1937-1938, de forma discreta. Mas, em sete anos, havia frascos de medicamentos já aplicados, em quantidade suficiente para encher um armário."

"As injeções eram tão freqüentes, e em tal quantidade, que o paciente já não tinha mais veias disponíveis nos braços para as aplicações."

"Para você ver, Rodrigo, como uma pessoa tão poderosa, responsável por uma guerra em que morreram 60 milhões de pessoas, era capaz de se entregar, de forma ingênua, sem reservas, a alguém que seria classificado como charlatão, por qualquer pessoa com um mínimo de equilíbrio e sensatez", opinou Werner.

"Este médico receitava tabletes e drágeas, tranqüilizantes e excitantes, sanguessugas e bacilos, compressas quentes e frias, e até hormônios, além de litros dos misteriosos fluidos injetados, num cliente dócil e hipocondríaco, sempre pronto a se submeter aos mais diversos tratamentos. Já havia uma dependência física do paciente em relação às pílulas para dormir, à estricnina e atropina, contidas nas pílulas contra gases e flatulências de que Hitler sofria com intensidade. Ao todo, Morell ministrou mais de oitenta remédios diferentes a seu paciente mais famoso, de 1941 a 1945. Até uma falsa penicilina ele inventou em 1944."

"Por isso mesmo, Rodrigo", continuou Werner, "é bom receber com reservas as informações contidas no livro de Morell, uma personalidade que, como você já percebeu, não inspira muita confiança."

"Quer um exemplo? Valendo-se do contato permanente com o todo-poderoso cliente, o médico conseguiu vultosos contratos com o exército alemão. Vendeu, em grande escala, um coquetel preparado por ele chamado Vitamultin. Em outubro de 1942 forneceu 38 milhões de unidades do produto. Em março de 1943 entregou mais 40 milhões de doses."

"Outro produto vendido em quantidade para o Exército foi um mata-piolho também de sua criação. Mas esses fornecimentos para o Exército foram totalmente desacreditados depois das pesquisas realizadas para avaliar o seu efeito. Os piolhos saiam fortificados do tratamento."

"Morell não era um bom comerciante. Morreu pobre, embora tivesse todas as facilidades para fazer os negócios que desejasse, por tratar da saúde do *Füehrer*."

"Hitler, por sua vez, tinha muito medo das doenças que poderia vir a contrair. Não parava de medir a própria pulsação, antevendo uma morte iminente, que ele mesmo sempre preconizava para dali a dois a três anos, no máximo."

"Em 1945, Morell começou a administrar um remédio para doença de Parkinson, cujo sintoma das mãos trêmulas é visível num documentário e também no filme A *queda*, em que Hitler aparece afagando jovens soldados, prontos a morrerem pela causa perdida, na porta do seu *bunker*, em Berlim.

"O médico valia-se da sua hipocondria, para estar com ele quase todo o tempo. Apesar dos tratamentos pouco ortodoxos,

Morell gozava de toda a confiança do líder nazista, sendo ele próprio membro do partido."

"Assim, era natural que aplicasse injeções estimulantes em seu paciente, algum tempo antes dos discursos que ele fazia nos grandes desfiles de tropas, onde Hitler se mostrava dramático, histérico, descontrolado, fora de si. Não passaria num exame antidoping."

"As razões que levaram o ditador a prestigiar esse controverso médico até o fim da vida, não interessam tanto quanto saber das doenças que ele tinha, desvelando um pouco do denso mistério que sempre encobriu o corpo do *Füehrer*, suas condições e limitações físicas."

"Em primeiro lugar, havia uma correlação direta entre suas crises de estômago e as respectivas contrariedades vividas na ocasião. Outra reação física ligada a aborrecimentos foi um severo surto de eczema em suas duas pernas, que acabaram cobertas de bandagens, de tal forma que não era possível nem mesmo calçar botas. E com as notícias que vinham da Batalha de Stalingrado, nada favoráveis aos nazistas, também a pressão sistólica de Hitler chegou a 200 milímetros, segundo o Dr. Morell."

"No atentado que sofreu em 1944, Hitler precisou ser operado logo após sobreviver à explosão, tendo sido retirados de sua perna direita mais de cem pedaços de madeira, da mesa de carvalho sob a qual uma bomba foi detonada. Logo após a cirurgia, virou-se para Morell e disse: 'Sou invulnerável. Sou imortal'."

"Apesar disso, ficou com um zumbido permanente no ouvido, o que lhe causou uma surdez gradativa, que o obrigava a colocar a mão em concha, atrás da orelha esquerda, para melhorar a audição."

"A respeito do desempenho sexual do ditador, os depoimentos do livro são raros e lacônicos, como se o médico desejasse proteger a intimidade de seu cliente."

"Sobre esse assunto, Morell tem a preocupação de assegurar que as relações sexuais do *Füehrer* com Eva Braun eram espaçadas, porém normais, embora os dois dormissem em quartos separados."

"Na área sentimental, a grande paixão de sua vida, incestuosa, foi a sobrinha Geli Raubal, que se matou com 23 anos, no apartamento do tio, em 1931, quando ele tinha 42 anos, depois de mais uma de suas crises de ciúme, que não a deixavam sair de casa, nem mesmo para freqüentar aulas de canto."

"Mas não se podem afastar as versões de que Hitler, por não conseguir fazer tremer uma cama, como já se disse de Napoleão Bonaparte, tenha feito tremer o mundo."

"Já o livro *A história perdida de Eva Braun* (de Angela Lambert, Editora Globo), invoca uma testemunha a respeito do seu desempenho. É Heinz Linge, camareiro, que afirmou ter entrado numa noite, sem bater, no quarto do ditador, tendo flagrado o casal em pé, no centro do quarto, se abraçando com ardor."

"Outra informação vem de *Frau* Mittlstrasse, testemunha de confiança, que tomava conta da sua casa de campo em Berghof. Ela afirma que o casal tinha relações sexuais cem por cento completas. E que quando Eva Braun estava menstruada e o *Füehrer* chegava de surpresa, ela corria até o Dr. Brandt, médico residente, para que ele lhe desse algum medicamento para suprimir o incômodo. Outro indício da atividade sexual do casal, segundo ela, seria a preocupação de Hitler de que ela usasse contraceptivos."

Mas a revelação mais interessante e íntima de todas, a respeito do ditador, do mesmo livro, é que ele talvez sofresse de duas anormalidades genitais: um testículo inexistente, ou que não descera para o escroto. E a hipospadia, um defeito congênito, que atinge um em cada 2 mil nascimentos, onde o canal da uretra se desloca do eixo do pênis para baixo, em direção à base, deslocando o prepúcio para trás, o que dá um certo ar de circuncisão, para quem tem esta característica. O que não deixa de ser uma ironia para quem se define como ariano puro."

"Essas duas últimas informações são de David Irving, numa conversa com Angela Lambert, em 2004. Nesse diálogo, o autor do livro *The Secret Diaries of Hitler's Doctor* afirma que os detalhes sobre a hipospadia do ditador, estão contidas em seu próprio livro, o que não corresponde à realidade, o que leva a crer que, de fato ele os tenha escrito, mas o trecho teria sido eliminado, depois."

"Por outro lado, o Dr. Erwin Giesint, um médico independente do Exército, fez um check-up no ditador em Junho de 1944 e outro em outubro do mesmo ano, testificando que os seus órgãos sexuais eram normais, o que não constitui uma referência confiável, pela subordinação hierárquica no exército."

"O paradoxo em torno desta discussão é que Hitler se recusava a permitir um exame urológico completo, embora um só testículo, ou a hipospadia, não tivessem prejudicado uma relação sexual completa."

"Duas conseqüências dos seus defeitos congênitos, se existiram, seriam o seu excessivo pudor, uma verdadeira aversão a exibir o corpo, além da baixa freqüência de sua atividade sexual, em virtude de uma possível irritação do canal da uretra, que pode ocorrer em alguns tipos de hipospadia, quando as relações sexuais são muito freqüentes."

"Ou apenas por ter uma libido amortecida por uma dosagem deficiente de hormônio sexual masculino, conforme o Dr. Morell detectou num exame de sangue feito em 1940. Mas os especialistas modernos acreditam que, à época, não era possível medir com acurácia esses dados, o que torna a leitura pouco significativa."

Com a expressão de grande concentração que fazia quando o assunto lhe interessava muito, Rodrigo, que ficara todo tempo calado, sem conseguir anotar, ouvindo absorto a narrativa de Werner, finalmente comentou: "Já imaginou se algum alemão corajoso, de posse da revelação dessas intimidades de Hitler decidisse editar um livro durante a guerra, com as mesmas revelações? Seria fuzilado na certa", concluiu, acertadamente.

Capítulo 23

Diálogo final na Praia Grande

"Quando o submarino retorna à superfície, os parafusos devem ser gradualmente desapertados, especialmente se alguns deles tiverem sido reapertados para adaptar a embarcação às condições de grande profundidade."

RODRIGO PERCEBEU QUE WERNER continuava com vontade de falar, de contar as coisas que tinham ocorrido nas suas andanças por todos os continentes, que ele conhecera sempre de dentro d'água. Por isso mesmo, combinou um último encontro, depois de Blumenau, agora na Praia Grande, para o alemão-catarinense mostrar os locais onde aconteceu a maior aventura de sua vida, atrás de uma cachaça.

Naquela região da Praia Grande agora havia uma quantidade enorme de edifícios de padrão simples, que se multiplicavam da orla para dentro, como refúgio para uma população que começava a ter poder aquisitivo para férias e lazer.

E a estrada asfaltada passava por trás da praia, não havendo mais necessidade de andar de carro pela areia, como acontecia naquele tempo, quando era preciso tomar cuidado para não se enredar na areia da barra dos rios que cortam a Praia Grande.

Perto do asfalto, com o trânsito congestionado do fim de semana, dezenas de quiosques inimagináveis há algumas décadas agora servem cerveja muito gelada, dentro de um recipiente de isopor que conserva a bebida na temperatura certa por bastante tempo, se bem que as primeiras garrafas da série são sempre consumidas com rapidez, sem tempo hábil para a cerveja esquentar.

Para acompanhar, mandioca frita, pastel, casquinha de siri, lascas de peixe, camarão ao alho e óleo. Tudo muito diferente do plácido Hotel dos Alemães, que Werner tinha avistado ainda da torre do submarino, como uma miragem para aqueles sedentos combatentes prestes a viver o seu momento de trégua e de bebedeira, num generoso país tropical, enquanto a Guerra enregelava todo mundo no campo de batalha em que se transformara o Atlântico Norte.

Werner entra direto no assunto que interessa ao escritor Rodrigo:

"Aconteceu num dos primeiros mergulhos, perto da costa da França. Eu estava lá fora na torre, quando apareceu um avião inimigo no horizonte, que eu não vi. O grito do imediato que estava ao meu lado 'Alaaarm' foi tão alto, que até hoje eu sinto um vazio no estomago só de pensar nele. Uma ordem tão definitiva, que mandava todo mundo para o seu posto, na hora, sendo que *na hora* significava sair do banheiro com a calça arriada, ou saltar do beliche dando meia volta no espaço, mesmo para quem estava no turno de descansar".

"Na verdade não tinha avião nenhum no horizonte, o comandante informava agora, com um sorriso meio idiota, que pedira ao imediato que fizesse um exercício de 'alarm', para ver se estava todo mundo atento."

"Alguns exercícios depois, descemos de novo, desta vez para escapar de um avião de verdade, que procurava acertar a gente, para valer, pela primeira vez. Descemos tão rápido e num ângulo tão forte, que logo atingimos duzentos metros mar abaixo, com os tímpanos estourando e perdendo sangue pelo nariz, num submarino projetado para descer até 120 metros".

Eram as primeiras revelações do dia, nada originais, de Werner para Rodrigo, num banco de uma Praia Grande muito diferente do local do desembarque do *U-199*, quase sessenta anos atrás.

"Um depoimento como o seu, Werner, em português, de alguém que esteve lá, no meio da luta, sendo brasileiro, tenho certeza que ninguém mais poderia dar", disse Rodrigo, ajeitando-se no banco da Praia Grande, para onde tinha levado o amigo marinheiro, num fim de semana em que pretendia ter informações suficientes para completar o livro, embora Werner ainda estivesse meio bloqueado para ir muito além na narrativa que começara. Talvez porque, na véspera, os dois amigos haviam tomado umas cachaças ali mesmo na Praia Grande, bem perto do local em que o grupo de marinheiros havia entornado todo o estoque de bebidas do Hotel dos Alemães. Só não foi possível encontrar vestígios do hotel, de certo demolido há muito tempo.

Werner retomou a narrativa pausadamente, descrevendo desde o começo, a sua chegada à Praia Grande, e a sensação de colocar os pés na areia, depois de meses em que o chão para ele era apenas uma chapa de aço fria passando umidade para os pés, até os tornozelos.

"Às vezes um detalhe sem importância vem à mente quando a gente está tomando fôlego para uma narrativa comprida como você está querendo, Rodrigo. Sei que não é original, mas lembro-me dos carrapichos presos na barra da minha calça de brim, toda molhada da água do mar, quando comecei a andar pela praia, em direção ao Hotel dos Alemães, destino da nossa entusiasmada incursão em busca de uma cachaça, numa praia de um país tropical, que por acaso era o meu, depois de meses fechado naquele ataúde metálico, mas isso tudo eu já descrevi."

"Depois disso, quero dizer a você, caro Rodrigo, que claustrofobia tem um novo sentido para quem andou de submarino numa guerra. Quem viveu essa experiência sabe que se trata de uma claustrofobia sem remissão, num ambiente todo hermético, sem abertura possível, sem data para voltar, e cercado por um ilimitado entorno de água, de alta pressão."

"Claustrofobia para quem sabe é isso. Agora não me venham com essa conversa de madame, que começa a suar frio quando o elevador pára entre dois andares."

Rodrigo estava impaciente, achava que as informações que ele agora tirava de Werner a saca-rolhas eram insuficientes, repetitivas, até pouco importantes, embora ele próprio ainda não tivesse todo o conhecimento necessário para buscar o que seria essencial numa narrativa tão antiga, específica e dramática como aquela.

Impaciente e até um pouco insolente, agulhou o tranqüilo Werner: "você precisa seguir uma lógica no seu jeito de contar, senão a gente se perde. Como é que vocês sabiam, vindo do mar alto, que havia aquele hotel na Praia Grande?".

"Bem, sobre o hotel nós não sabíamos, mas espião é que não faltava nas costas brasileiras, até que Getúlio Vargas resolveu transferir todos os estrangeiros para o interior do país, em 1943", prosseguiu Werner.

Para se ter uma idéia de como a região era estratégica para o Atlântico Sul, George Marshall, chefe do Estado Maior do Exército dos Estados Unidos esteve aqui, em 1939, chegando a visitar a Fortaleza de Itaipu. Um velho forte inaugurado em 1919, cujo marco histórico mais importante foi ter sido bombardeado pela aviação do governo federal, durante a Revolução Constitucionalista de 1932. Parece claro, no entanto, que a fortaleza, de onde os recrutas saíam para se abastecer numa padaria que havia bem ao lado, pouco poderia contribuir para o esforço de guerra, embora tenha havido ali uma grande movimentação de soldados durante o conflito. Até Getúlio Vargas passou por lá, em 1938, para tomar o seu DC-3, no campo da Air France, que existia como alternativa de pouso antes da barreira da Serra do Mar. Enquanto chamava o garçom, Werner resolveu enquadrar Rodrigo:

"E agora, amigo, antes que você se afobe de novo: vamos tomar uma branquinha, que ainda é o melhor jeito de recordar aquelas heróicas cachaças que tomamos aqui mesmo, mas há tanto tempo, que até parece ter sido em outra vida."

"E preste atenção Rodrigo, história é para ser saboreada, como um novelo de idéias que você vai puxando do cérebro. Como é que você quer apressar o desfile desses desbotados acontecimentos, heroicamente conservados em meus titubeantes neurônios, em décadas de vivência, sem ter paciência para ouvir os casos, aos pouquinhos. Em qualquer reunião é assim, quem sai antes da hora acaba perdendo as melhores revelações da noite, que em geral surgem bem mais tarde."

Rodrigo aprendeu a lição. Decidiu achar suficiente o que Werner já havia revelado naquele encontro e passou a acompanhar o amigo em mais uma cachaça na Praia Grande.

Dali para frente, as piadas ficaram mais engraçadas, e os assuntos começaram a se repetir, enquanto o velho marinheiro tentava recuperar, de dentro de si, as emoções correspondentes aos fatos que Rodrigo desejava conhecer, com avidez. Até que Werner entregou os pontos: "não dá mais, Rodrigo, não há memória que resista à passagem de sessenta anos. Mais novidades, só se eu participar de outra guerra, embora seja difícil que me convoquem aos 79 anos".

Auxiliados pelo inusitado da tirada de Werner, e pelas cachaças ingeridas, os dois começaram a dar altas gargalhadas, bem mais intensas do que pediria a graça da piada.

"Está aí um jeito simpático de terminar o livro, pensou Rodrigo, com os dois principais personagens se acabando de tanto rir, décadas depois de um desembarque na Praia Grande...".

Balanço da Segunda Guerra Mundial

O BALANÇO DA AÇÃO NAVAL NA SEGUNDA GUERRA resultou em 2.882 navios mercantes dos países aliados afundados, representando 14,4 milhões de toneladas brutas, além de 175 navios de guerra. Dos 842 submarinos alemães que entraram em ação, 781 deles foram postos a pique, 93% da força operacional. Dois foram capturados, e os demais, deliberadamente afundados pela tripulação, ou se renderam, no final da guerra, quando sobraram três ainda flutuando para contar a história. Dos 39 mil homens embarcados, os registros indicam que morreram 28 mil, com 5 mil prisioneiros, mais os desaparecidos.

Agradecimentos

B. D. Miranda; Carlos Moraes; Centro de Documentação e Memória (CDM) da Prefeitura da Estância Balneária de Praia Grande; César Pereira; Cláudio de Souza; Comandante da Marinha Arlindo Ferraz; Dario Infanti; Edla Van Steen, Eugênio e Matty Staub; Ernesto Kotzel; Google; Isaias Pereira; João Carlos Gambôa; José Kalil Filho; José Leles de Moura; Maria do Carmo Dias Batista; Reali Jr.; Roberto Elizabetsky; Rodney Monti; Rosana Manduca; Seleção Alemã de futebol Campeã do Mundo de 1954; Werner Rudhart; Ziraldo. Carmita e Durval Muylaert, Jacques Breyton e Thomas Mazzoni (*in memoriam*).

Este livro, composto na fonte Fairfield
e paginado por Clayton da Silva Viana,
foi impresso em pólen soft 80g na Prol Editora Gráfica.
São Paulo, Brasil, no inverno de 2007.